A las dos serán las tres

Sergi Pàmies

A las dos serán las tres

Versión del autor

EDITORIAL ANAGRAMA

BARCELONA

Título de la edición original:
A les dues seran les tres
Quaderns Crema
Barcelona, 2023

Ilustración: © Natàlia Pàmies Lluís

Primera edición: enero 2024

Diseño de la colección: Julio Vivas y Estudio A

© Sergi Pàmies Bertran, 2023
CASANOVAS & LYNCH AGENCIA LITERARIA, S. L
info@casanovaslynch.com

© EDITORIAL ANAGRAMA, S. A., 2024
Pau Claris, 172
08037 Barcelona

ISBN: 978-84-339-2207-6
Depósito legal: B. 17613-2023

Printed in Spain

Liberdúplex, S. L. U., ctra. BV 2249, km 7,4 - Polígono Torrentfondo
08791 Sant Llorenç d'Hortons

En el amor las mismas palabras que sirven para decir la verdad sirven para mentir.

FRANCESC PUJOLS,
«L'amor i l'amistat. Carta oberta a Mercè Rodoreda»

—¿Por qué están parados los relojes?
—Para que no pase el tiempo.

MARIO LEVRERO, *El sótano*

LA SEGUNDA PERSONA

Ordenando armarios, tropiezo con la virginidad que perdí en el otoño de 1978. No recordaba haberla conservado como el pétalo de una rosa entre las páginas de un libro. De hecho, lo habitual es que el pétalo se marchite sin volver a ver el sol. O que un día, al abrir el libro, se caiga, se resquebraje, nos confronte con la dificultad de rememorar algo relacionado con la rosa en cuestión y nos obligue a recogerlo y tirarlo a la basura. Afortunadamente, la virginidad no se ha caído y no he tenido que arrodillarme para recomponer el rompecabezas del pétalo. Más fosilizada que marchita, ha aparecido compartiendo caja con un banderín del CSMG y dos cartas escritas por uno de nuestros poetas nacionales.

Con el fósil en la mano, siento que la carga evocadora del vestigio me empuja hacia el pasado con una precisión milesimal de latitud y longitud. La perplejidad se impone al valor arqueológico. Me veo con cuarenta años menos –un kilo por año– compartiendo un placer largamente anhelado. Entonces, en los círculos que frecuentaba, la virginidad ni siquiera servía como tema de conversación y estaba mejor visto no tenerla que conservarla. Y no recordar cómo, cuándo y con quién la habías perdido confería galones en el escalafón bohemio. Hablo en general, que conste, porque la chica con la que compartía cama –admiradora de Julio Cortázar, bebedora de Torres 5– ya había superado esta fase, mientras que yo no sabía si eso debía tranquilizarme o hacerme temer cualquier comparación.

Preveo que la virginidad me ayudará a terminar un texto –el encargo, bien pagado, de una revista patrocinada por el Parlamento Europeo– con el título «Por qué escribo». Es un tema tan poco original que cruzo los dedos para que ninguno de los colegas que participan en el proyecto haya tenido la misma idea. ¿Qué me gustaría decir? Que para mí escribir nunca fue la consecuencia de ninguna predestinación sino de una carambola de tiempo libre y equilibrio entre esfuerzo, facilidad, azar y satisfacción. La metáfora de la virginidad podría venir a cuento porque, salvando las distancias, el oficio de escribir sigue una lógica similar de expectativas y de voluntad de seducción. Después de muchos simulacros en soledad, y si los astros se confabulan a favor, puedes acabar encontrando a alguien con quien perderla con un vigor recíproco. Por eso he elegido la segunda persona del singular, porque de la misma manera que cuando escribo necesito interpelar a un lector, en el sexo también es preferible que haya alguien –lo entrecomillo– «al otro lado». También me atrae la idea de tratar una cuestión que, por pura lógica, suele plantearse desde el punto de vista femenino.

Si el fósil hubiera aparecido en otro momento, nunca se me habría ocurrido incorporarlo a este texto. Y aquí es donde creo que pueden intervenir, como refuerzo, las dos cartas rescatadas. Escritas a máquina (el poeta sufría esclerosis múltiple y su mujer mecanografiaba su correspondencia), puedo situarlas en el tiempo y deducir que debieron coincidir con mi, llamémosle, primera vez. La primera carta es del 6 de septiembre de 1978. Yo tenía dieciocho años y llevaba cinco escribiendo poemas saturados de influencias y pretensiones. Me había presentado a varios concursos y, como máxima distinción, había obtenido –decir ganado sería exagerar– un par de accésits. Con más voracidad que criterio, me tragaba todos los libros de versos que corrían por mi casa, algunos de ellos escritos por el poeta. No lo tenía como referente porque le gustaba demasiado a mi madre. El espíritu político de aquel momento –todos sentían la necesidad de conocerse y contribuir al objetivo de, por decirlo con palabras de entonces, «trabajar para un país y una sociedad más justos»– propició que mis padres y el poeta tuvieran cierta amistad y que, espoleada por mi insistencia, mi madre decidiera enviarle una selección de mis poemas. Quiero pensar que si los versos hubieran sido una calamidad, no lo habría hecho. Y que para evitar la ceguera consanguínea debió buscar en alguien solvente la autoridad de un diagnóstico fiable. Visto con perspectiva, fue un acierto: no tardé demasiado en abandonar la poesía.

En la primera carta, el poeta afirma que me escribe para decirme que ha leído los poemas «por encima» y que no tardará en responderme de un modo más formal. «Esta carta solo es para que sepas que no me he olvidado de ti y que soy consciente de la deuda que tengo que pagarte. Puedes estar seguro de que lo haré en cuanto pueda.» Refugiándome en la falsa modestia, atribuí esas palabras a la amistad del poeta con mis padres. En la intimidad, sin embargo, las celebré con una euforia parecida a la que debió intervenir en la operación, igualmente expectante, de perder la virginidad. Un mes y medio más tarde llegó otro sobre, idéntico al anterior. Sello de cinco pesetas en la esquina superior derecha con la misma imagen del rey Juan Carlos. En el dorso, las famosas tres iniciales del poeta y su dirección (el número 13 de una calle empinada) de un pueblo que todavía no se había convertido en santuario patriótico.

A diferencia de la primera carta, escrita en un tarjetón, la segunda ocupa las dos caras de una holandesa con interlineado apretado y una cantidad de información que, aunque la he leído más de cien veces, aún no he asimilado. De entrada, el poeta se excusa por el retraso en la respuesta y a continuación hace una serie de elogios que resultaría impúdico reproducir pero que, impaciente, encajé con un principio de taquicardia. Siguiendo la ley que establece que un elogio suele ser la antesala de una adversativa, el poeta fue honesto. En lugar de torear su compromiso con cuatro vaguedades, calificó algunos de los poemas de «demasiado planos y poco trabajados». Citaba ejemplos concretos y lo argumentaba con una idea que incluiré en el texto que me han encargado por si puede resultarle útil a alguien que esté empezando a escribir (o a punto de perder la virginidad). «La poesía, a mi entender, *también* es un artificio. Es indudable que en un planteamiento como el de tu libro la fuerza de los poemas reside sobre todo en las situaciones que describes y en las implicaciones que contienen. No obstante, me parece que tu poesía es, quizá, algo *plana* (no llana) y que, en consecuencia, resulta poco sugerente. Es evidente que buena parte de los poemas son simples impresiones; ahora bien, a mí me parece que, sin renunciar a este estilo, no les vendría nada mal una mayor carga expresiva, un mayor riesgo a la hora de jugar con las imágenes, lo cual me parece que generaría una tensión expresiva que, sin alterar la descripción, la haría más universal y, por tanto, más compartible.»

Cuarenta años más tarde, constato que los argumentos de aquel diagnóstico –sobre todo la idea del artificio– mantienen cierto paralelismo con el descubrimiento del sexo en particular y la manera de entender el amor en general. Sin proponérselo, la carta me vacunó contra los contagios más evidentes de la impostura. De escribir versos narcisistas pasé a aplicar un criterio más artesanal para transformar en prosa las turbulencias que los habían inspirado. Era como si los poemas tuvieran más sentido antes de descubrir el sexo compartido que después. De aquella brevísima correspondencia, sí me quedó una observación útil: «El recurso de los puntos suspensivos me parece reiterativo y poco eficaz». En efecto, yo abusaba de los puntos suspensivos. Era como si necesitara finales abiertos –pura corriente de aire– que solo eran la expresión de la inseguridad y la voluntad de esconderme detrás de un efectismo no justificado.

La prueba de que existe una lógica que acaba imponiendo lo que de verdad nos gusta –en este caso, escribir– es que no conservo ninguno de los poemas que le envié al poeta. En cambio, y pese a que creía que las había olvidado, he preservado las cartas como si fueran el informe de una enfermedad de juventud felizmente superada. La tinta tiende a desaparecer y los tarjetones, las holandesas y los sobres se han vuelto amarillentos. Como conclusión del texto que me han encargado, se me ocurre que, con la cadencia de los finales abiertos –y sin puntos suspensivos–, podría decir que escribo porque las cartas del poeta acabaron por tener la misma relevancia que la tarde en la que perdí la virginidad. Aunque, más que perder, puede que *regalar* sea el verbo más adecuado.

DÍAS HISTÓRICOS

1. TU PALABRA CONTRA LA MÍA

Franco ha muerto. Tenemos quince años. La escuela ha cerrado como medida de luto oficial y lo celebramos en casa de una amiga. Eufóricos y expectantes, escuchamos canciones subversivas sin la emoción alcoholizada que, intuimos, viven nuestros padres y hermanos mayores. La fecha –20 de noviembre– es un tatuaje que, con el tiempo, perderá nitidez. La trascendencia de la noticia es el pretexto para acelerar los amores y mitificar las amistades. Alguien propone un pacto: el último día del último año del siglo XX, a las doce de la noche, nos reencontraremos en la estrella central de la plaza de Cataluña. «¡Tendremos cuarenta años!», exclamamos con el énfasis de los personajes de ciencia ficción. Todos nos comprometemos hasta que surge la duda de si debe-

17

ría ser el último día del año 1999 o del 2000, porque, con propiedad y desde el punto de vista matemático, el milenio cambia cuando blablablá. Por unanimidad, convenimos que todo cambiará con la llegada del 2000, que nos ha acompañado como un horizonte perpetuo entre la esperanza y la amenaza.

La promesa languidece a medida que crecemos, nos dispersamos o, como en mi caso, nos ensanchamos. Ninguno de los que hicimos el juramento comparecerá en el lugar y a la hora señalados. Gente, sin embargo, habrá mucha, mayoritariamente borracha, dispuesta a romper todas las botellas necesarias para, en calidad de vándalos, aparecer en el primer telediario del año. Hipótesis: nadie acudió a la cita porque teníamos cuarenta años, la edad idónea para saber que las promesas de adolescencia nunca se cumplen.

Para asimilar destinos tan diferentes necesitamos una elipsis que abarque todos los matices del éxito, del fracaso y de la rutina entendida como mínimo común denominador. Prosperidad o ruina, deserciones o accidentes y, en general, la tentación de mirar el pasado con indulgencia. Internet primero y Facebook y WhatsApp después multiplican los atajos de acceso a la nostalgia. De chat en chat y de mensaje en mensaje se recompone una idea que, salvando las distancias, imita el

18

protocolo de las reuniones de excombatientes. Los contactos preparatorios entre exalumnos culminan con una convocatoria lo suficientemente consensuada para que resulte difícil declararse objetor de la misma. La reunión es un éxito. El escenario, una masía con restaurante a setenta minutos de Barcelona. La reunión cumple los protocolos del género: sonrisas, abrazos, alopecias y emociones envejecidas y sinceras. Perplejidad, sorpresa y la constatación de que, cuando confrontamos nuestros recuerdos con los de personas que vivieron lo mismo, descubrimos que la memoria es un monstruo de tentáculos mutantes. El día crece a base de anécdotas, sin la truculencia ni la tensión sexual de las películas –británicas, argentinas, escandinavas–, sobre reencuentros de amigos. Nos enseñamos fotografías hasta que los más temerarios proponen cantar canciones que ya no nos parecen subversivas o telefonear a los que, por razones de fuerza mayor, no han podido venir. Recordamos el día que Franco murió, por supuesto, y la promesa de reencontrarnos, con cuarenta años, en la plaza de Cataluña. Ahora que tenemos sesenta, también sentimos el impulso de mentir y decir que sí acudimos (y si alguien compareció, se lo calla para no parecer demasiado ingenuo). La ceremonia de fotografiarnos se alarga porque todo el mundo quiere llevarse el retrato de grupo en su móvil. Se improvisan citas inminentes. Unos metros más allá, los coches y las motos esperan, encajados como las piezas de un Tetris. Si, aplicando los estereotipos de la infancia, jugásemos a adivinar a quién corresponde cada vehículo, acertaríamos. Para facilitar el desplazamiento, a mí me ha tocado conducir y, por tanto, no tomar ni una gota de alcohol. Así me he ahorrado los excesos de confraternización. En el coche somos cuatro —tres amigas y yo— y, entre todos, sumamos casi doscientos cuarenta y un años. La vuelta es más locuaz que la ida, probablemente porque ellas sí han bebido. Pasamos por una rotonda que, en una de sus intersecciones, indica el nombre de un pueblo en el que de pequeños compartimos quince días de campamentos. Los he mitificado tanto que, en voz alta, hablo de cuando, muy temprano, salíamos a buscar la leche recién ordeñada. Del barro de las regueras, de las fogatas, del juego de la botella giratoria y de, en las noches de tempestad, las patatas reconvertidas en pararrayos. Elogio al monitor, que nos inició en una especie de yoga de pacotilla con unos ejercicios de relajación que, cuando tengo taquicardia, aún aplico. Teatral y radiofónica, la voz del monitor nos recomendaba concentrarnos en un punto del infinito en el que nacía una mancha verde que se expandía hasta ocuparnos el cerebro y el alma.

Noto la incomodidad de las pasajeras. Hasta que una de ellas –que hace un rato nos ha anunciado que va a ser abuela– recuerda que tenían que ir al lavabo de dos en dos para protegerse del monitor y no encontrárselo a solas. Que las acorralaba y las sobaba. Las tres coinciden y, tirando del mismo hilo, emergen otros episodios de silencios, encubrimientos e impunidades de será tu palabra contra la mía. Entramos en Barcelona por la ronda de Dalt y acompaño a cada una de mis amigas hasta su casa, sabiendo que la promesa de volver a vernos acabará como la cita del cambio de milenio. Una vez solo, pongo la radio. El informativo cuenta que se han convocado varias manifestaciones de protesta –definen a los manifestantes como *nostálgicos*– para impedir que los restos de Franco sean exhumados del Valle de los Caídos y trasladados al cementerio de Mingorrubio. «Mingorrubio», repito en voz alta, no sé si pensando en mis padres, que perdieron la guerra, o para combatir la sensación de haber perdido la batalla de la memoria y, por extensión, de la nostalgia.

2. JUEVES

La intención inicial es contar la historia de dos jóvenes de Barcelona que se han conocido a

21

través de una aplicación de citas y que, el 17 de agosto de 2017, han quedado para compartir una tarde de sexo. Durante los preliminares, los respectivos teléfonos móviles empiezan a vibrar al unísono. La coincidencia les hace sonreír, pero la expresión se les congela al oír las sirenas que, siguiendo el caudal del pánico, bajan hacia la Rambla. El propósito es alternar la ligereza del sexo interrumpido entre dos adultos que acaban de conocerse y la barbarie, encarnada por la furgoneta conducida por un yihadista. Que haya elegido a dos amantes homosexuales tiene que ver con la voluntad –algo demagógica, lo admito– de reivindicar la libertad contra el fanatismo de los asesinos, todo enmarcado en un contexto actual. Las aplicaciones de citas, Barcelona y el terrorismo son una motivación suficiente para volver a escribir después –mejor no entrar en detalles– de unos años de inactividad. En esta fase previa he ido tomando notas, sabiendo que, para que la historia sea verosímil, tendré que documentarme sobre las aplicaciones, que son una realidad que desconozco. Tengo un teléfono sin conexión, que apenas sirve para llamar y enviar mensajes de texto (de vez en cuando mis amigos y familiares me piden que se lo enseñe como si fuera una cicatriz).

Sé cómo plantear la historia pero no cómo acabarla. Es una de las condiciones que me gusta imponerme para escribir con ciertas garantías de alcanzar mi objetivo. Si conozco todos los ingredientes de un argumento, me da pereza ponerme manos a la obra. La indefinición del desenlace es el estímulo que actúa como la sardina para la foca del circo. También sé que, en mi entorno, la persona indicada para hablarme de estas aplicaciones es mi hijo, con el que mantengo la clásica relación de padre separado desautorizado por una educación sobreprotectora. Hace tiempo que las palabras que utilizamos funcionan más por lo que sugieren que por lo que significan. Él acepta ayudarme inmediatamente, aunque, mientras se explica, da demasiadas cosas por sabidas y tengo que pedirle que no vaya tan deprisa. De ignorarlo todo de las aplicaciones paso a preguntarme si no habrá llegado el momento de jubilar mi Nokia y sumarme a la ruleta de los emparejamientos algorítmicos. Mi hijo ilustra su relato con conceptos como «crear un perfil», o con la elección de una canción y de fotografías pensadas, interpreto, para atraer a posibles interesados. Siento curiosidad por la sencillez del invento, que, constato, exige emoticonos, aforismos convertidos en señuelos y códigos de complicidad que, trascendentes, cursis o pueriles, aluden a posibles afinidades (la cerveza, *Star Trek*, el pádel o la marihuana). Cuando le pido ejemplos, me lee unos

23

cuantos: «Me llamo Victòria, del Maresme libre y tropical (emoticono de playa)». «*English teacher* (emoticono de una profesora), pero no te daré clases gratis.» «Suelo hablar sin pensar, pero tengo buen corazón.» «Cantante profesional de ducha. Mi mejor *outfit*: el pijama.» Sin salir de los límites de la pantalla, me descubre una muestra de biografías con referencias a debilidades como la pizza, la pesca submarina, Queen o –lo que faltaba– *El Principito*. Me pregunto qué música podría definir a mis personajes: ¿Daft Punk? ¿Laura Pausini? ¿Sara Bareilles? Me maravilla que la configuración de la oferta y la demanda incluya un radio de acción y una horquilla de edad. «Entre los dieciocho y los cincuenta y cuatro años», se apresura a precisar mi hijo al observar que, con cincuenta y siete, me estoy entusiasmando demasiado.

A estas alturas las ganas de escribir se han consolidado. Como siempre que se siente imprescindible, mi hijo se viene arriba pronunciando palabras como *like* y *match*, que, deduzco, pueden propiciar una primera cita. Y es entonces cuando me pregunta de qué va la historia que pretendo escribir. Hace unos años me habría hecho el misterioso. Habría apelado a la superstición de no hablar nunca de un proyecto hasta haberlo terminado. Pero, con una naturalidad que me sorprende, le cuento la idea de los dos amantes interrumpidos por la vibración de sus móviles, el estruendo de las sirenas y la matanza de la Rambla. Incluso me entretengo –como si quisiera testar el efecto que produce la historia– en detalles como el olor de la sangre, la reverberación del pánico o la frialdad de uno de los asesinos, que huye cruzando el mercado de la Boquería. Y entonces, sin decirme si la idea le gusta o no, mi hijo me interrumpe para comentarme que el grupo La Oreja de Van Gogh compuso una canción dedicada a las víctimas del atentado de Madrid en el que murieron 192 personas. No lo sabía, y asimilo el comentario con una mueca de contrariedad. Puede que sea un presagio, pero cierro la libreta en la que hasta hace unos segundos tomaba notas con furor taquigráfico. Seguimos hablando, ahora recuperando la intermitencia de los silencios y una sensación de distancia directamente proporcional al amor que quiero pensar que sentimos el uno por el otro. Nos despedimos con un abrazo (que aprovecho para comprobar que está más delgado). Llego a casa con la cabeza llena de biografías condensadas y de fotos de promoción personal. En el ordenador, busco el vídeo de la canción –«Jueves»– de La Oreja de Van Gogh en YouTube: 97.927.103 visualizaciones. Suena un coro de voces angelicales, un piano y empieza una historia ambientada en el vagón de uno de los trenes de Madrid, minutos antes de la explosión. El intercambio de miradas de dos viajeros, una chica y un chico que se encuentran cada día, reducidos a una lírica que, a medida que avanza la canción, me va convenciendo de que no debería escribir este cuento. Que *mis* amantes deberían mantenerse al margen del intento –definitivamente demagógico– de poner la realidad al servicio de la ficción en lugar de poner la ficción al servicio de la realidad. Con la torpeza de quien no quiere dejar ningún rastro, borro mentalmente todas las huellas de una idea que preferiría no haber tenido.

FERIAS Y CONGRESOS

1. TROIS-RIVIÈRES

A Ramon Besa

«El azar es el destino de los pobres.» Lo escribí hace treinta años, camino del aeropuerto, dentro del taxi, con la grandilocuencia de un aforista y la perspectiva de un vuelo transoceánico. Entonces yo era propenso a combatir los nervios de las expectativas con este tipo de digresiones, que anotaba en una libreta que actuaba como papel secante contra la hiperactividad mental. Además de la libreta y del pasaporte, también llevaba la carta que me acreditaba como invitado del Salon du Livre de Québec. Me la había aprendido de memoria, en especial la frase: «Je vous signale que vous voyagerez en même temps que monsieur Vázquez Montalbán».

De Manuel Vázquez Montalbán admiraba su lucidez, su capacidad de trabajo y su estilo. Novelista, ensayista, poeta, cronista, articulista y hereje del marxismo, me parecía un virtuoso del sarcasmo y la irreverencia. También era prologuista y presentador recurrente, gastrónomo y cocinero aficionado, erudito del fútbol y abajo firmante de manifiestos de causas perdidas. Lo había conocido el 9 de abril de 1983, en la presentación de uno de sus libros de poemas. El acto se celebró en el paraninfo de la Universidad de Barcelona ante un público escaso, mecido por el tono melancólico del ponente. Él superó el miedo escénico leyendo con la misma determinación que habría utilizado si la sala hubiera estado llena. Al terminar, cumplí con la liturgia de acercarme para que me dedicara un ejemplar del libro presentado, *Praga*, que todavía conservo. Él fue generoso y cáustico. Generoso porque la dedicatoria –«Para Sergio, uno de los primeros conocedores de Praga»– me otorga la condición de testigo privilegiado. Cáustico porque, sin decirlo, relativiza la decepción de que fuéramos cuatro gatos. Lo único que, pasados los años, sigo sin saber interpretar son los dos únicos versos que entonces subrayé: «ser judío vivir en Praga escribir en alemán / significa no ser judío ni alemán», así, sin ninguna coma.

Aquel primer contacto reforzó el tipo de vínculo que, gracias a las afinidades electivas, no necesita ser correspondido. Vázquez Montalbán publicaba tanto que lo incorporé como pieza clave de una formación caótica, voraz y autodidacta. En una dimensión subconsciente, también debió intervenir una anécdota familiar que entonces yo no podía conocer porque tardaría unos años en pasar. Seré breve: Vázquez Montalbán era miembro del Comité Central del mismo partido que presidía mi padre. Yo había empezado a publicar y a colaborar en los medios de comunicación y decidí dejar mi trabajo de administrativo, con el que me ganaba la vida, para probar a convertirme en freelance. No tenía deudas, ni responsabilidades familiares ni ninguna vocación política hereditaria. A mi padre, sin embargo, le preocupaba que quisiera sumarme a la tribu de los bohemios (excurso: siempre me ha parecido injusto que los padres quieran intervenir en lo que hacen sus hijos y los hijos no puedan intervenir retrospectivamente en lo que hicieron sus padres). Entonces no me lo comentó, pero al salir de una reunión del Comité Central, mi padre le preguntó si le parecía temerario que yo abandonara un trabajo «de verdad» para hacerme freelance. Años más tarde, mi padre me contó que Vázquez Montalbán había elogiado mis aptitudes y que eso le tranquilizó.

Como no he sido tan breve como había prometido, lo compenso con una elipsis: pasaron los años. Vázquez Montalbán se convirtió en un referente novelístico, periodístico, intelectual y humorístico. Yo seguí leyéndolo y, en la medida en la que este oficio te enseña a liberarte del exceso de mitos, dejé de venerarlo para limitarme a admirarlo, sobre todo como topógrafo de una Barcelona de azoteas con pianistas represaliados, o cuando ejercía de forense del futuro y del pasado. Y, de nuevo, el azar. Él era uno de los columnistas más prolíficos y respetados del periódico *El País*. Allí escribía incluso en la sección de deportes, donde deconstruía las contradicciones del barcelonismo. El periódico le pedía cada vez más artículos, pero él viajaba mucho para promocionar las traducciones de sus libros y no siempre podía atender los encargos ni adaptarse a las servidumbres de las diferencias horarias. Un día, no recuerdo si desde Buenos Aires o Ciudad de México, cuando le pidieron una columna urgente sobre el Barça, sugirió que me la encargaran a mí.

Segunda elipsis retrospectiva: el partido de mi padre y de Vázquez Montalbán se autodestruyó dejando un rastro de culpabilidades, barbaridades, intransigencias, tragedias y comités devastados por fratricidios sulfúricos. Hasta que, en 1991, una concatenación de movimientos propició que el Salon du Livre de Québec invitara a dos autores de Barcelona traducidos al francés. Uno, consagrado. El otro, debutante y ansioso por descubrir qué significaba viajar «en même temps» que Vázquez Montalbán. Mi propósito era no dirigirle la palabra hasta que él no se manifestara. El viaje era lo suficientemente largo para pensar que de ningún modo debía amenazarlo con el tipo de compañía que transforma una oportunidad de tranquilidad en una obligación de conversación. Que él conociera a mis padres multiplicaba el riesgo de malentendidos. Por eso entré en la terminal dispuesto a volverme invisible y evitar situaciones incómodas. Afortunadamente, él fue tan eficaz como yo. La combinación de vuelos era Barcelona-Ámsterdam, tres horas de tránsito, Ámsterdam-Montreal y, desde el aeropuerto de Montreal, un autocar de la misma compañía (KLM) hasta la ciudad de Québec.

Él tenía fama de ser silencioso, introvertido y, al igual que mi padre, un poco sordo (segundo excurso: durante un tiempo trabajé en el proyecto de una novela en la que todos los personajes eran comunistas y sordos). Era la suma idónea de ingredientes para favorecer la máxima intimidad. De manera que, cuando en el primer vuelo lo vi subir al avión, no le dije nada ni le hice ningún gesto de complicidad para confirmarle que viajaríamos juntos. De hecho, estaba convencido de que nadie le había prevenido de que viajaríamos «en même temps». El reto se iba transformando en pasatiempo: ¿seríamos capaces de llegar a Quebec sin decirnos nada? Lo intentamos. Él, desde una timidez que había convertido en escudo. Yo, desde la consciencia del papel de admirador (entonces no sabía que, unos años más tarde, acabaría haciéndole de suplente). Por la experiencia de mis padres sabía que lo que más agradece una persona públicamente conocida cuando tiene la oportunidad de viajar es que le respeten el placer del anonimato. Resultado: hasta Ámsterdam no tuvimos ninguna interacción, ni siquiera una mirada. Y una vez en el aeropuerto, la grandiosidad de la terminal nos convirtió en hormigas abducidas por pasillos mal señalizados en los que, por suerte, abundaban las tiendas libres de impuestos y los quioscos de comida hipercalórica.

El avión hasta Montreal era un jumbo. En el momento de embarcar, la distancia con Vázquez Montalbán se acortó lo suficiente para que, con un esbozo de sonrisa oblicua, él me diera a entender que me había identificado. No era ninguna invitación al diálogo, y yo se lo agradecí. Tampoco soy un prodigio de sociabilidad y me horroriza la perspectiva de confraternizar a la fuerza. El azar nos situó en zonas distintas del vientre de la ballena. Él, en la zona *business*, como se había encargado de exigir –eso lo supe después– su agente literaria. Yo, en clase turista, como establecía el estatus de debutante huérfano de agente. Llegué a Montreal roto por el cambio de horario. Por caminos diferentes, los dos desembocamos en la parada de autobús donde, manteniendo intactas las mutuas y silenciosas timideces, descubrimos que solo éramos tres pasajeros: un hombre de facciones asiáticas y nosotros dos. El conductor llevaba gafas de sol y pensé –lo sé porque lo anoté– que se parecía al personaje del doctor Johnny Fever de la serie *Radio Cincinnati*. Es más: conjeturé que trabajaba de conductor de autobuses como castigo por haber cometido una falta grave como tripulante de un avión. No sé qué debía pensar Vázquez Montalbán: se sentó en la última fila del autocar, yo en la primera, y, como si aplicáramos una indescifrable justicia geopolítica, le cedimos toda la zona intermedia al hombre de facciones asiáticas.

La hoja de ruta establecía una escala en Trois-Rivières. El hombre de facciones asiáticas se bajó allí, de manera que, como la escala duraba media hora, Johnny Fever y Vázquez Montalbán bajaron del autocar para compartir unos minutos de complicidad fumadora. Unos metros más allá, yo, que nunca he fumado, me concentré en contemplar el paisaje. Era un recurso de evasión para estirar las piernas y no romper el distanciamiento que, con tanta disciplina y armonía, ambos habíamos cultivado. Resultó que el lugar en el que se había detenido el autocar era una maravilla. «La perspectiva del horizonte se enriquece con meandros sinuosos y una procesión de bosques perfectamente organizados para adaptarse a los cambios de luz», anoté. Era finales de abril. El deshielo alimentaba un triple caudal que transmitía la abundancia de los excedentes y que me hizo pensar en los paisajes de las novelas de John Irving. El doctor Fever fumaba y se reía solo, como un psicópata con excedentes de vida interior. Vázquez Montalbán fumaba sin inmutarse. Quedaban dos horas de viaje. Y entonces, como una interferencia majestuosa, una bandada de patos salvajes apareció cruzando el cielo.

Hay momentos en la vida en los que todo adquiere un sentido que no te será revelado hasta muchos años más tarde. Es como si lanzaras un bumerán sin darte cuenta de que lo estás invitando a volver, no sabes cuándo, transformado en vete tú a saber qué. Ni el doctor Fever ni Vázquez Montalbán se dieron cuenta de que me había quedado extasiado contemplando una bandada de patos en forma de V, con los ejemplares más jóvenes en el vértice, marcando la punta de una flecha imaginaria. Luego supe que la sincronización de las bandadas se produce, a través del aleteo, para aprovechar mejor las corrientes de aire. La geometría de estas formaciones no es un capricho estético, sino una medida de ahorro de energía. A los patos les importa un bledo la plasticidad del momento. Si soy fiel a lo que, con una cursilería que salta a la vista, anoté entonces, los colores del cielo eran «una premonición de crepúsculo». Quién sabe si quería describir el deseo de sincronizarme con la bandada. La invitación estaba en lo cierto: no estaba viajando *con* Vázquez Montalbán sino *al mismo tiempo*. A partir de aquel momento, él abandonó la última fila del autocar (y yo la primera) y, sin la presencia del gigante asiático, pudimos romper el hielo con breves intercambios de, como máximo, tres o cuatro sílabas. Era un pequeño paso para la historia de la comunicación pero un gran salto para resquebrajar nuestras timideces.

Nos alojábamos en el hotel Hilton y entonces sí, dejando claro que nuestra comunicación funcionaría a través de una parquedad consentida, él me pidió que lo ayudara con el francés, no porque no lo entendiera sino porque se había olvidado el audífono en casa y temía no oír lo que

35

le decían o no captar los giros de la lubricante fonética quebequesa. Ese fue el pretexto para definir mi papel: situarme siempre junto a su oreja buena y traducirle una versión aproximada de lo que le preguntaban los editores, activistas, periodistas, colegas y lectores que, en cenas y en encuentros, coloquios y entrevistas, se acercaban para manifestarle una admiración auténtica. Para mí fue un curso intensivo sobre el oficio de escritor. Era mucho más interesante actuar como escudero de Vázquez Montalbán que ejercer de caballero andante de mis propios demonios. Él hizo toda una exhibición de recursos. Si le preguntaban sobre las recetas inmorales de uno de los libros que promocionaba, hablaba del canibalismo como metáfora del presente. Si le preguntaban por la anunciada muerte de Pepe Carvalho o por la Barcelona olímpica, reivindicaba la memoria desahuciada por el franquismo y denunciaba la especulación y la codicia, que ya presagiaban la estafa neoliberal. Y si tropezaba con interlocutores rabiosamente politizados, les regalaba las palabras y los nombres que deseaban oír: hegemonía, ortodoxia, Berlusconi, Maradona, Concha Piquer.

De vez en cuando saboreábamos silencios que solo interrumpíamos si era estrictamente necesario. Y como premio, un sábado que debió de ser

36

inolvidable porque no tomé ninguna nota y me acuerdo de todo. Al final de una mesa redonda sobre literatura catalana, él me propuso salir a dar una vuelta por la ciudad. Visitamos el Château Frontenac, el hotel que definió como «hitchcockiano». Impulsados por la misma inercia, enseguida nos refugiamos en el bar. Me habló del Barça de Juanito Segarra, de la vocación cinematográfica de su hijo y de las virtudes del Canadian Club, un whisky que los camareros indígenas servían sin dosificador. Recorrimos la ciudad, sabiendo que la sordera de uno, la propensión a respetar la jerarquía del otro y la sed en común eran un buen punto de partida para el compromiso histórico. Me contó que estaba preparando el musical *Flor de nit* y que su director, Joan Lluís Bozzo, le había recomendado a una cantante griega (creo que era Eleftheria Arvanitaki). Encontramos una tienda en la que, en la sección de World Music, localizó tres de sus cedés, que compró con la sonrisa más explícita que jamás le vi. En ella confluían tres ríos: la ilusión por el musical sobre la Barcelona anarquista y cabaretera, el placer del anonimato sin interferencias y la euforia no dosificada del whisky. Más tarde teníamos una cena con los organizadores del Salon. Cuando, algo encapotados, llegamos al Hilton, él se acercó a la recepción y pidió una máquina de escribir eléctrica. Entonces entendí la diferencia entre un escritor consagrado y un debutante: la máquina de escribir tardó cinco minutos en aparecer y, sin ninguna petulancia, Vázquez Montalbán pidió que se la subieran a la habitación. Faltaba una hora para la cena y me dijo: «Escribo la columna de *El País*, la envío por fax y quedamos aquí dentro de tres cuartos de hora».

Desde mi habitación, llamé a casa, a Barcelona, convencido de que la columna de Vázquez Montalbán sería un desastre porque no se puede escribir un buen artículo en tan poco tiempo. Él fue puntual y, durante la cena, lacónicamente generoso en sus respuestas. Se le notaba cansado de tener que hacer pedagogía para los que se empeñaban en comparar la historia de Cataluña y la de Quebec. Inclinaba la cabeza para escuchar mis traducciones improvisadas, como si fuéramos un presidente y su intérprete en visita diplomática. Escucharle era como leerlo: el dominio del discurso, con sustantivos y verbos proteínicos y adjetivos y adverbios preferentemente amargos. Me dolió no poder regresar juntos. Hice el camino de vuelta sin la referencia de la bandada. En Trois-Rivières, los patos no comparecieron y el conductor no era el doctor Fever sino una versión no fumadora y con sobrepeso de José Sacristán (anoté: «tema para un posible cuento: el criterio de selección de conductores de autocares de la KLM»).

Llegué a casa hecho polvo pero eufórico, con la vocación de freelance reafirmada, una libreta llena de aforismos cursis y una carpeta con recortes de periódicos quebequeses. Hay una foto en la que se nos ve delante del estand sobre literatura catalana, él con mi libro en las manos y yo con el suyo. Él insinúa una sonrisa irónica. En las entrevistas le hacen decir, entrecomillado, lo que sé que nunca dijo. Me gusta la información que complementa la crónica sobre el Salon: polémicas sobre lesiones y fichajes de jugadores de hockey sobre hielo y anuncios de casas en venta. Al día siguiente, en Barcelona, salí a comprar *El País* y busqué la columna de Vázquez Montalbán. Esperaba confirmar el vaticinio de un artículo mecanizado y saturado de efluvios alcohólicos, pero me tropecé con una columna sobre el exterminio de los kurdos, tan memorable que tuve que leerla dos veces. Me habría encantado ser fumador y salir al balcón a encender un cigarrillo, pero en lugar de eso me fui al Lafuente y compré una botella de Canada Club. Echaba de menos la risa psicópata del doctor Fever y la sincronía de los patos. A diferencia de los pájaros estridentes –y hitchcockianos– que, invadiendo el espacio aéreo, vieron morir a Manuel Vázquez Montalbán en el

aeropuerto de Bangkok, los patos de Trois-Rivières no gritaban histéricamente. Treinta años más
tarde, sin saber si lo que anoté era el esbozo de lo
que ahora estoy escribiendo, intuyo que eran una
bandada de bumeranes salvajes que han vuelto
para hacerme entender cosas que entonces no entendía. Por ejemplo: que ser judío, vivir en Praga
y escribir en alemán significa, en efecto, no ser ni
judío ni alemán.

2. NO SABER INGLÉS

(Gatwick.) No reconoces la agitación de cuando te encantaba viajar y las expectativas te blo-
queaban el hambre o, indistintamente, te dis-
paraban el instinto bulímico. El estruendo de las
turbinas del avión ya no te impresiona. De pequeño, era la señal de acceso a una experiencia
insólita. Ahora es un trámite que no magnificas
ni con un exceso de entusiasmo ni con el cinis-
mo de un monologuista. Lo que pueda suceder
más allá de la ventanilla –nubes antropomórfi-
cas, parpadeos extraterrestres– ha dejado de inte-
resarte. Mientras sigues las indicaciones de seguridad, finges que sabes qué significa «modo
avión». Solo te preocupa el síndrome de la clase
turista, que combates levantándote cada veinte mi-

nutos, impermeable a las miradas de reprobación de las azafatas. Arriba y abajo del pasillo, flexionas las rodillas como un caballo de escuela andaluza para evitar el riesgo de trombosis. El viaje es lo suficientemente corto para ahorrarte el espectáculo de los rostros desencajados por el jet lag, tan propios de los vuelos transoceánicos. Cuando entras en el lavabo, te das cuenta de que lo recordabas más grande, y eso debe significar que has engordado. La razón que te ha traído hasta aquí es participar, como invitado, en la Feria del Libro. Agradeces que el viaje no tenga connotaciones sentimentales y explotas la fantasía de tener que visitar a una hija o a una amante ligeramente sadomasoquista. Imaginar personajes y situaciones irreales te retrotrae a cuando eras pequeño y, para combatir el aburrimiento, tenías que improvisar actividades y entretenimientos gratuitos. Habrías jurado que los altavoces anunciaban un aterrizaje inminente, pero por las reacciones de los pasajeros deduces –no sabes inglés– que estáis entrando en una zona de turbulencias. Contrariamente a lo que te pasaba de niño, el mensaje no te asusta. Con el cinturón de seguridad abrochado y los ojos cerrados, decides que, suponiendo que este fuera tu último momento de vida y pudieras pedir una última voluntad, elegirías escribir. Sin la motivación del pánico –los temblores del avión han sido testimoniales–, las hipótesis de catástrofe se disipan y acabas pensando en el chófer que los organizadores se han comprometido a enviar para recogerte al aeropuerto. Te lo imaginas sujetando un letrero con tu nombre escrito con faltas de ortografía. Sonríes cuando oyes como se activa, cloc, el tren de aterrizaje. Lo que no puedes imaginar es que el chófer será un padre de familia originario de Bangladesh, que se pasará todo el viaje hasta Londres con la radio conectada a una emisora asiática de la BBC. Ni que llegará sudado, resoplando, con la camisa desabrochada, excusándose por los veinte minutos de retraso, y que, durante el rato que lo esperarás en el vestíbulo –especulando sobre qué puede haberle pasado–, notarás que el estómago se te cierra y, simultáneamente, se te activa un hambre voraz de zamparte cualquier alimento hipercalórico.

(Hammersmith.) Me distraigo pensando que los humanos se dividen en dos categorías: los que esperan y los que hacen esperar. Puestos a elegir, prefiero ser de los que esperan. Una vez que asumes que perteneces a este bando debes procurar que la experiencia sea productiva e inocua. Hay quien considera que el mejor antídoto contra la espera es el móvil. Discrepo. Mirar el móvil es una actividad tan integrada a nuestros hábitos que no permite disfrutar de las virtudes intrínsecas de la espera. En otras palabras: lo que piensas mientras esperas no tiene nada que ver con lo que piensas mientras haces cualquier otra cosa. La espera más reciente la he vivido en un hotel de Hammersmith. A la mañana siguiente de mi llegada, veo en los ascensores y el vestíbulo letreros y avisos que anuncian un simulacro de evacuación que solo afectará al personal del hotel. Los avisos insisten en que el ejercicio durará cinco minutos y que los huéspedes no tendrán que participar en él. La hora se acerca y los empleados siguen avisando a los clientes para evitar confusiones y malentendidos. He quedado con uno de los organizadores de la feria diez minutos antes del simulacro, y me gustaría que llegara tarde para poder presenciar el ejercicio de emergencia. Si el organizador también resulta ser de los que esperan –cuando dos personas del mismo bando coinciden, se neutralizan– podría proponerle esperar juntos, pero, por superstición, tampoco quiero alterar la inercia del azar. Así que me someto a la incógnita –ya solo faltan tres minutos– de un posible desenlace. Los empleados fingen actuar con normalidad, supongo que aplicando los protocolos de un cursillo de riesgos laborales. La situación es estimulante, pero sería exagerado percibirla como excepcional (tengo cierta propensión a creer que cualquier anécdota puede tener –este cuento lo confirma– un interés literario). La inminencia del simulacro se manifiesta en la actitud de los recepcionistas al atender los teléfonos o revisar la pantalla de sus ordenadores. Y entonces, dos minutos antes de la hora anunciada, veo llegar al organizador. Acelerado y sudado, resopla y se acerca –no puedo evitar fijarme en el estampado espiral de la moqueta, que solo puede ser obra de un psicópata o de un programa gráfico defectuoso de inteligencia artificial– mientras hace gestos para que nos demos prisa y nos marchemos. No lo conozco lo suficiente para llevarle la contraria, y tampoco quiero abusar de mis prerrogativas de invitado. Es más: me he propuesto facilitarle las cosas, consciente de que ya hay demasiados escritores que perpetúan la leyenda de excéntricos y problemáticos en nuestro gremio. Sin perder el impulso –la moqueta debe ser un factor de propulsión–, él me agarra del brazo –con la fuerza que solo se le tolera a un suegro– y me conmina a seguirle mientras repite: «Vámonos, que el simulacro está a punto de empezar». Sin el aliciente de la espera, salimos del hotel y tropezamos con la oblicua y extemporánea lluvia londinense. Mientras las sirenas de emergencia empiezan a sonar —es inevitable relacionarlas con los refugios del metro durante la Segunda Guerra Mundial y la elocuencia alcoholizada de Churchill—, sigo las indicaciones del organizador, que, intentando mantener una calma que desmiente su lenguaje corporal, dice: «Sobre todo: no mires atrás».

(Oxford.) Te intimida compartir cartel con un escritor tan reconocido: narrador, poeta, traductor, profesor de lengua y literatura alemana, principalmente en Oxford. Lo has leído con la acomplejada devoción de no ser lo bastante culto para asimilar todos sus matices. El acto, apalabrado hace meses, os ha juntado a los dos en un diálogo titulado *Literature of the Self: Truth and Fiction*. Has preferido no pensar mucho en ello porque te da demasiado respeto y prevés que comunicaros a través de un intérprete os obligará a alternar monólogos intermitentes. Os han convocado con demasiada antelación. Es un hábito que tiene que ver más con la inseguridad de los organizadores que con una necesidad objetiva. De hecho, estas esperas pueden perjudicar la espontaneidad de las intervenciones. Disciplinados, ambos habéis llegado con la anticipación exigida y habéis compartido la cordialidad que

45

implica tener que entenderos –ninguno de los dos habla el idioma del otro– a través de sonrisas y movimientos de cabeza. Enseguida os manifestáis una simpatía que, cuando empieza el acto, la tecnología sabotea. Al micrófono de diadema hay que añadirle el auricular para escuchar al intérprete. El escritor que admiras ha preparado unas notas y tiene dificultades para escuchar la traducción de lo que tú vas improvisando. No se ha perdido nada. Intuyendo que su erudición interesa bastante más que tu locuacidad, has procurado que él pueda extenderse sobre la engañosa promiscuidad entre verdad y ficción. Ambos habéis optado por repetir ideas ya conocidas. Antes de empezar el diálogo propiamente dicho, te has fijado en que no se separaba de su mochila. Por lo que ha contado, has entendido que ha venido en tren desde Oxford y has observado como abría la mochila e iba sacando todo su contenido como si se sometiera al registro policial de un aeropuerto: un iPad, un impermeable, un jersey, un libro, una libreta, las notas impresas, un cargador de móvil y, finalmente –la mirada se le ha iluminado–, una mandarina. Creías que se la comería, pero entonces has comprendido que solo quería asegurarse de que la llevaba, no para devorarla sino para pensar que más tarde, una vez terminado el acto –en el tren, de regreso a Oxford, quién sabe si preguntándose qué sentido ha tenido compartir un acto así con un indolente novelista catalán–, le apetecería comérsela. Retomando el título del acto, te preguntas si la mandarina no encarnará el equilibrio entre los hechos y la anticipación de vivirlos. La anticipación de imaginar lo que todavía puede ocurrir –la literatura es eso–, de saber que, mientras hablas de la ficción y la verdad (o viceversa), la mandarina sigue ahí, dentro de la mochila, latiendo como el único desenlace posible.

(Paddington.) Programar un acto literario un viernes a las seis de la tarde es una temeridad, en Londres y en todas partes, sobre todo si se trata de uno de esos encuentros entre escritores que, justificados por un acontecimiento de importancia superior –la Feria del Libro–, amplían el programa más allá del recinto ferial. Ese es el contexto en el que un reportero inglés y un narrador catalán se encuentran en The Frontline Club. Es un edificio de tres pisos, con ventanales dignos de un cuadro de Edward Hopper y un restaurante que presume de tener un arsenal infinito de cervezas y whiskies. Se accede al restaurante por una puerta pensada para que los clientes tengan el suficiente espacio para sacudir el paraguas, quitarse el abrigo, la gabardina o el impermeable, dejar las bufandas, los bolsos, los fulares y los sombreros en los colgadores, y, entonces sí, saludar a los amigos con los que hayas quedado. En una puerta lateral, hay un timbre con la indicación casi clandestina de The Frontline Club. Una escalera de película –peldaños de madera maciza ideales para una caída sospechosa– asciende hasta el primer piso, ocupado por una sala con una barra, magnífica, de bar. Más ventanales, bancos laterales con sofás de cuero rojo, una gran mesa comunitaria y varias mesitas distribuidas como satélites del mismo universo. En las paredes, fotografías de guerras clásicas y modernas, y, encima de la barra, una muestra de gorras militares, cascos de ejércitos preferentemente vencidos e incluso una máscara antigás. Son piezas que los miembros de este club han ido aportando a la colección para, aunque no era necesario, certificar la existencia del infierno vivido. De ahí le viene el nombre, de la línea del frente que une a los reporteros en activo o jubilados con la memoria de los muertos, representada por un cuadro de honor con fotografías –reconozco el ojo ciclópeo de Marie Colvin– de los colegas asesinados por fuego enemigo, amigo o accidental. Los camareros facilitan el intercambio de confesiones que, aunque todo el mundo sepa que son verdad, ninguna fuente oficial confirmará. Aquí se bebe, se canta y se llora. Y se comparten silencios que, como le cuenta el reportero inglés al narrador catalán –ambos hablan francés, ambos son hijos de escritoras conocidas y ambos intuyen que, en otras circunstancias, habrían podido ser amigos–, transforman el club en una cámara de descompresión contra el estrés postraumático. El reportero cuenta que, cuando se creó el club, eligieron este barrio no por un capricho de la oferta inmobiliaria, sino con la intención de estar cerca –cinco minutos andando– de la estación –Paddington– de tren que conecta el aeropuerto de Heathrow con la ciudad de Londres. Cuando después de cubrir guerras, invasiones, catástrofes humanitarias, golpes de Estado o revoluciones los reporteros regresan con cicatrices físicas y psicológicas –resulta difícil distinguirlas–, el oasis de la segunda planta les proporciona un refugio sin prejuicios ni reproches. «Puedes decirle a tu familia que volverás el jueves y refugiarte aquí desde el lunes», afirma el reportero, más como una vivencia que como una anécdota ajena. En el tercer piso hay una sala en la que se imparten cursos de historia sobre el oficio de corresponsal o talleres, se proyectan ciclos de cine especializado o se organizan diálogos como el que, expectantes, están a punto de mantener. En las paredes del lavabo, portadas enmarcadas de cuando *Paris Match* era una de las pocas revistas que les daba trabajo a los mosqueteros de la fotografía de guerra o del periodismo de crónica. El acto sigue un protocolo previsible. Poco público, aunque generoso, seducido por la adrenalina y la locuacidad del reportero. Graduado en Filosofía y en Ciencias Políticas, se confiesa disidente de todo (ideologías, religiones, modas). También admite que necesita compensar la disidencia con lealtades sagradas: por el fútbol –en concreto por la Juventus–, Jacques Tati y las óperas de Verdi. El magnetismo del reportero hace que, al terminar el acto, nadie quiera marcharse. Se impone el deseo asambleario –es viernes, insisto– de alargar la velada cenando juntos. El grupo lo compone gente diversa, también emigrantes españoles que buscan en Londres el futuro que España les niega. En el restaurante de la planta baja caen, aún inofensivas, las primeras cervezas. Los emigrantes explican la dureza de vivir en Londres y, al mismo tiempo, subrayan la fraternidad que les une. Al narrador le recuerda la camaradería de los exiliados republicanos, que tanto ayudó a sus padres a sobrevivir en los años de posguerra. Le ha tocado sentarse entre dos mujeres que trabajan en el sector audiovisual y frente a un ingeniero de telecomunicaciones atrapado entre el Brexit y la pandemia. Condenado al teletrabajo, convive con pantallas de ordenadores conectados a una central de datos globalizada. Cuando no ve caer la oblicua y extemporánea lluvia londinense por la ventana, la imagina como un salvapantallas existencial. El narrador percibe que los exiliados comparten el tipo de amistad que antepone el origen a las afinidades. Los escucha buscando resonancias del presente, sintiéndose vampiro de las vidas de los demás, que se explican con una generosidad terapéutica. Puede que intuyan que el narrador reconvertirá todo lo que escucha en algo más que material de sobremesa después de un acto pensado –un viernes por la tarde, ¡a quién se le ocurre!– para fracasar. Y en la mesa de al lado, pletórico, el reportero no fracasa en absoluto. Al contrario: gesticula en proporción a la trascendencia de los recuerdos que rememora –de la guerra de los Balcanes a la frontera mexicana–. Con la mirada, busca a la que define como la última oportunidad del amor. Es la encargada del restaurante, exiliada –¿o emigrante?– polaca, náufraga de uno de los mil afluentes del éxodo. Y como si se hubiera contagiado del espíritu de una de esas óperas que tanto le gustan al reportero, el narrador se da cuenta de que el azar le está poniendo en bandeja una tentación que no había previsto. La tentación de librarse de esa pose taciturna que suele adoptar para que no se le note la timidez. De permitir que la fraternidad le regale un momento de advertida felicidad. Pero se conoce lo suficiente para saber que dejará que la tentación pase de largo. Que se despedirá precipitadamente de todo el mundo, regresará a Hammersmith —en taxi, hipnotizado por el reflejo de los letreros luminosos sobre el asfalto mojado— y, al llegar al hotel —y con el furor de una última voluntad—, se sumergirá en el placer de escribir sobre lo que podría haber pasado de sumarse al frente disidente que lideraba el reportero. Un reportero que, en estos momentos, y buscando la complicidad de su amor polaco y la lealtad de los valientes soldados que lo acompañan, invita, vital y noctámbulo, a otra ronda de cervezas.

LA TÁCTICA DEL AVESTRUZ

El insomnio es espiral. Te engulle y te escupe hasta que pierdes la consciencia de estar despierto, dormido o en el limbo de una inestable vigía. También es una rutina que asumo como una de las consecuencias de envejecer. No es la única y, desde la cama, me estoy acostumbrando a enumerarlas con rigor notarial, sin añadir ningún barniz hipocondriaco, y a constatar que el inventario de males es más eficaz que el recuento de ovejas. Siento los latidos de mi corazón, siempre acelerado pese a la medicación que tomo, y aplico los consejos —a menudo incongruentes— que a lo largo de los años me han ayudado a convivir con un variado repertorio de arritmias, taquicardias y lo que mi padre llamaba palpitaciones. Si el inventario no funciona como bálsamo contra el desvelo, me concentro en escucharlo todo con la atención de un guepardo enfocado por la cámara de un documental sobre naturaleza. Accedo a frecuencias que de día son imperceptibles. Paradoja: que el silencio sea un amplificador de la respiración, del roce con las sábanas y de los ruidos procedentes de la calle –la insolencia de una moto que espera a que el semáforo se ponga verde, el diálogo estridente entre dos borrachos, las ruedas de las maletas que, a todas horas, entran y salen de los pisos turísticos– o de todo lo que se mueve más allá de la puerta de mi dormitorio. Cuando aún dormía acompañado, todo quedaba restringido a las reacciones de dos cuerpos aparentemente armónicos. De unos años a esta parte, la soledad me ha obligado a ampliar el radio de atención. Incluso con la puerta del dormitorio cerrada, puedo llegar a escuchar el remoto zumbido de la nevera, o el goteo intermitente de la ducha, como si los objetos dialogaran en un idioma que, en momentos de euforia, me parece entender.

Ñec. El oído detecta un crujir que se sale de la gama de ruidos habituales. Lo interpreto como la apertura de una puerta. Reacciono abriendo los ojos y, sin que exista ninguna lógica en este movimiento, cogiendo el móvil. La pantalla me informa de que son las 3.34 h. En otro momento habría jugado a extraer alguna conclusión numerológica, pero ahora solo estoy pendiente del crujido, que se transforma en una secuencia de pisadas de alguien que, deduzco, anda de puntillas. Los prejuicios se imponen: imagino a un hombre tatuado, miembro de una banda de delincuentes albanokosovares y con un padre alcohólico que, de pequeño, lo maltrataba. En vez de decir algo, encender la luz o levantarme, y siguiendo el impulso de una intuición que me mantiene bloqueado, dejo el móvil (si llamo a la policía, y aunque susurrara, el albanokosovar podría oírme) sobre la mesita de noche y concluyo que alguien ha entrado en mi casa forzando la puerta. Las palpitaciones multiplican mi capacidad de imaginar qué debe estar pasando. No son especulaciones recreativas, sino el diagnóstico de una realidad que se desdobla: la que transcurre más allá de la puerta y la que vivo dentro de mi cerebro. En ambos casos prevalece el miedo. Miedo a ser agredido, herido o asesinado. Y siguiendo la misma lógica de la bola de nieve, al miedo físico hay que añadirle el miedo a que me roben. Simultáneamente, intento interpretar cada ruido y deduzco que el intruso —a estas alturas aún no sé qué grado de peligrosidad asignarle— está desconectando los cables de mi ordenador y, apresuradamente, buscando objetos susceptibles de ser revendidos en el mercado negro. Por el resquicio que separa la puerta del parqué, se adivina el movimiento de un haz de luz de linterna, y recuerdo que las últimas semanas el conserje me había comentado los robos en fincas cercanas. Enemigo del alarmismo —es un lujo que creía que ya no podía permitirme—, reaccioné de un modo que ahora se ha demostrado erróneo. Creía que, si yo fuera ladrón, el último piso en el que entraría a robar sería el mío. Precisamente porque no tiene una puerta blindada ni un aviso de instalación de alarma, pensaba que un ladrón mínimamente profesional deduciría que aquí no hay nada que robar. Sin saber si han transcurrido diez segundos o diez minutos —es una obviedad, pero me vuelve a sorprender: la angustia altera la percepción del tiempo—, decido acurrucarme, en posición fetal, debajo del edredón. La reacción sigue un razonamiento cobarde pero pragmático: si el ladrón tiene intenciones violentas, prefiero no verle la cara. Si tienen que apuñalarme, que la última imagen que vea en vida no sea la expresión brutal o sanguinaria de un psicópata. Ahora, bajo el edredón, ya no puedo seguir los movimientos de la linterna, solo imaginarlos. Y los sonidos sigilosos del ladrón ya no me llegan con nitidez hasta que, cloc, reconozco el sonido de la puerta de entrada cerrándose. A continuación, silencio. Es un silencio relativo, de angustia y también de cierto alivio, que, en vez de hacer que me levante para comprobar qué ha ocurrido, me mantiene en la misma posición. La negociación conmigo mismo continúa y este espejo opaco me devuelve la imagen de alguien miedoso, contradictorio, que practica lo que llamamos –en el momento de pensarlo me doy cuenta de que ya no se dice tanto– táctica del avestruz. Las hipótesis se atomizan a medida que el silencio se confirma, incluso la impresión, inoportuna y fugaz, de que los avestruces han dejado de ser animales pintorescos, populares y simpáticos. Con un gesto inseguro, saco la cabeza de debajo del edredón y respiro hondo. Calculo los inconvenientes que me provocará haberme quedado –lo doy por hecho– sin ordenador y tener que hacer la denuncia en comisaría, pero agradezco que, como mínimo, no se hayan oído destrozos ni reacciones de tensión o de violencia. La llegada del camión de la basura me devuelve a la rutina. Es la referencia sonora de un paso del tiempo que, en los peores días –mejor dicho: en las peores noches–, no solo no avanza sino que a veces retrocede. «Debería levantarme y llamar a la policía», pienso. Pero no me muevo. Siento, sobre los párpados, el peso de una fatiga inesperada. La reconozco: es el presagio de una ola de sueño. Me mantengo expectante, y con el inestable equilibrio de un surfista, me preparo para que, a saber hasta cuándo, el sueño me arrastre.

DOS ALPARGATAS

Si esto fuera una película, veríamos como el protagonista avanza por un paisaje nebuloso, cargando en brazos una escultura de bronce de la medida de un recién nacido. A continuación, aparecería en pantalla la frase «DOS AÑOS ANTES», que remitiría al espectador a la estrategia del flashback. La acción se situaría en un piso soleado de una ciudad mediterránea. El protagonista estaría sentado en un despacho, rodeado de carteles y de fotografías que darían a entender que trabaja en casa y tiene una profesión creativa. Pero como esto no es una película sino un cuento, el narrador omnisciente determina que el protagonista sea dramaturgo, viva solo y arrastre una depresión que, además de obligarlo a hacer terapia, le impone un tratamiento a base de ansiolíticos que, cuando oscurece, le nubla el alma.

Siguiendo las recomendaciones de su terapeuta, el dramaturgo se esfuerza en socializar aunque no le apetezca. En la práctica eso significa contravenir los hábitos que hasta ahora le habían definido. Ejemplo: lleva semanas aceptando propuestas que antes habría despachado con un no taxativo. La última está a punto de producirse. Está en la cocina preparándose una infusión –los ansiolíticos son incompatibles con el alcohol– cuando suena el teléfono. Lo tiene conectado a un contestador que filtra los mensajes, de manera que puede escucharlos sin tener que descolgar. Una voz de hombre le anuncia que desea comunicarle una buena noticia. El dramaturgo descuelga mientras recuerda qué le preguntó su terapeuta el primer día de consulta: «¿Qué quieres conseguir viniendo aquí?».

Su interlocutor le comunica que el jurado de una asociación cultural comarcal le ha concedido un premio. Adoptando el tono modesto que podría haberle asignado a uno de sus personajes, el dramaturgo pregunta si el premio guarda alguna relación con el teatro. Su interlocutor responde que no, que lo han incluido en un grupo de premiados de ámbitos diversos que han destacado en su profesión. El dramaturgo se deja adular para ver hasta dónde le lleva la situación. Su interlocutor desea saber si estaría dispuesto a asistir a la ceremonia de entrega. En caso contrario, dice, tendría que pensar en otro candidato.

El dramaturgo conoce lo suficientemente bien el mundillo cultural para saber que es habitual conceder premios solo a las personas dispuestas a recogerlos. Le sorprende la habilidad de su interlocutor para inducirlo a decir que sí, de manera que no solo acepta (a pesar de que no hay ninguna dotación económica), sino que, espoleado por la terapia, afirma que se siente doblemente honrado. Luego, al colgar, se da cuenta de que el adverbio *doblemente* tiene tan poco sentido como, en general, toda la situación. Y que ese es el único motivo para explorarla, como uno de esos hilos de inspiración de los que conviene tirar porque podrían culminar en una obra –y quién sabe si en un éxito–. Satisfecho, busca en internet referencias sobre la comarca y los premios. Descubre que premian la trayectoria de personalidades estrechamente ligadas al pueblo, la comarca o el país.

Si esto fuera una película, veríamos imágenes encadenadas del dramaturgo en varias situaciones: nadando a crol en el carril derecho de una piscina, comprando flores de Navidad en el *garden* del barrio, recomendando a los actores que no escupan tanto en las escenas dramáticas o haciendo el gesto de pedir la cuenta en un restaurante que presume de tener pocas mesas (y pequeñas). La intención de la escena, sin diálogos, sería transmitir la idea del paso del tiempo y de una progresiva recuperación anímica. Pero como esto no es una película, podemos centrarnos en la segunda llamada del interlocutor, que, le anuncia, tiene que hablar urgentemente con él.

El dramaturgo escucha el mensaje de madrugada, tras el ensayo general de una obra sobre una pareja divorciada que decide volver a vivir juntos. Al día siguiente, procurando que no sea ni demasiado temprano ni demasiado tarde, el dramaturgo le devuelve la llamada. Encadenando circunloquios, su interlocutor le explica lo que define como una «situación delicada»: una personalidad relevante y prestigiosa de la vida cultural de la comarca acaba de fallecer inesperadamente. Y, teniendo en cuenta que el veredicto aún no se ha hecho público, al jurado le gustaría saber si el dramaturgo tendría algún inconveniente en no ser el premiado de esta edición y esperar hasta la edición del año siguiente.

El dramaturgo no solo no tiene ningún inconveniente, sino que siente la tentación de renunciar al premio. Si no lo hace es porque no quiere que se le malinterprete y parezca que desprecia al jurado desde una arrogancia metropocéntrica y, sobre todo, porque se siente atrapado por el compromiso previo. Su interlocutor celebra que esté dispuesto a esperar hasta la edición siguiente. Se despiden con corrección y el dramaturgo, que no ha tenido el valor de desdecirse, piensa que antes de que llegue ese momento seguro que pasará alguna desgracia que convertirá este intercambio de conversaciones –y todo lo que guarda relación con el premio– en una anécdota.

Aquí el cuento cambia de velocidad. Como el narrador omnisciente no cree que una imagen valga más que mil palabras, cuenta que la depresión del dramaturgo mejora. En parte porque la terapia es eficaz y en parte porque algunos de sus proyectos se hacen realidad. Estrena la obra sobre los divorciados retráctiles después de incorporar escenas de comedia muy celebradas por los actores, los espectadores e incluso sus críticos más refractarios. Sin que se lo espere, se entera de que es candidato a dos reconocimientos teatrales importantes. Es en este contexto cuando recibe la tercera llamada, en la que su interlocutor le recuerda el compromiso adquirido. También le informa de que solo falta una semana para hacer público el veredicto y que, al cabo de un mes, en el teatro principal de la capital de comarca, se celebrará la ceremonia de entrega.

El dramaturgo constata que el mismo día tiene otro compromiso, pero lo anulará para no traicionar su palabra y no renunciar a saber cómo termina una historia que le proporciona el tipo de perplejidad especulativa que tanto le gusta. Pese a que ya no tiene tantos problemas de autoestima, el premio le sigue inquietando. Celebra que, a diferencia de lo que sucede con las otras nominaciones, esta no tenga que comentarla con nadie. Eso le permite cultivar una dimensión más imprevisible de sí mismo. Una dimensión que contradice la caricatura de dramaturgo altivo a la que tanto ha contribuido.

En el momento de preparar el viaje, siente una excitación adolescente. Como no tiene teléfono inteligente ni GPS, estudia el trayecto y consulta la previsión meteorológica en internet: niebla y frío. Ha pactado con su interlocutor que no se quedará a cenar después de la ceremonia, pero llegará a tiempo para recibir el premio y atender las entrevistas programadas. Impaciente, llega con mucha antelación, a la hora en la que oscurece —en la medida de lo posible, evita conducir de noche: aún conserva hábitos de cuando tomaba ansiolíticos—, y tarda un buen rato en encontrar aparcamiento. Finalmente, tiene que dejar el coche lejos del centro, en una zona sin iluminación, a la orilla del río.

Es el mismo río en el que, hace ochenta años, murió su abuela, ahogada. Es un dato que el narrador omnisciente ha introducido por más que el dramaturgo –que conoce bien los mecanismos de la intriga– no esté demasiado de acuerdo. Él habría preferido describir la oscuridad y el frío del lugar donde ha aparcado, y centrarse en cómo da una vuelta por el centro esperando a que llegue la hora y cómo, entre perplejo y divertido, se detiene a comprar una papelina de churros. Si fuera por él, habría mantenido el tono del relato en el ámbito de la comedia afable, sin desviarse hacia una dimensión biográfica. Es sábado y en una tienda de ropa decide comprarse un gorro de lana. Una de las personas que está en la cola para pagar le reconoce y le pide hacerse una foto. «¿Con o sin gorro?», pregunta el dramaturgo. En el vestíbulo del teatro, un periodista le pregunta «cómo está viviendo» el premio. Él piensa en responder: «Con frío», pero mantiene su propósito de evitar la ironía, como si de verdad entendiera las razones por las que está aquí.

No ha preparado ningún discurso. Ha deducido que, al haber tantos premiados, cada galardonado tendrá poco tiempo. Se equivoca. Los parlamentos desde la tarima son sentidos y los oradores, acompañados por familiares y amigos, encuentran en la magnificencia del teatro la caja de resonancia ideal para el reconocimiento a toda una vida. A medida que se van acumulando los discursos –intensos, sentimentales–, el dramaturgo siente que su simple curiosidad sonará demasiado frívola y desconsiderada. ¿Estará a la altura de las emociones expresadas por los que lo han precedido? Se le ocurre, como una solución desesperada –la suele recomendar a los actores que temen quedarse en blanco–, refugiarse en anécdotas personales. Y es entonces cuando, recogiendo el guante que antes ha dejado caer el narrador omnisciente, piensa en la historia, nunca aclarada, de si su abuela (a la que no llegó a conocer) murió ahogada a causa de un accidente o se suicidó.

El dramaturgo habló de ello con su madre meses antes de que muriera. Ella no tenía la cabeza excesivamente clara y se inclinaba por la versión truculenta. Con una obstinación agravada por la incipiente demencia, añadía el detalle de que, después de sacar el cadáver del río, la Guardia Civil encontró dos alpargatas perfectamente alineadas. «Como cuando dejas las zapatillas al pie de la cama por si tienes que levantarte en mitad de la noche», recuerda que le comentó su madre. Según ella, ese detalle confirmaba que no se había caído al río sino que se había tirado, o, peor aún, que alguien la había empujado. Al dramaturgo, en cambio, le parecía que si él tuviera que suicidarse, le daría igual llevar o no llevar alpargatas, y, por tanto, veía más plausible la hipótesis del accidente. La prueba de que esa historia no le había dejado ningún trauma heredado es que hasta hoy no la había comentado con nadie, ni siquiera con su terapeuta.

En el momento de subir al escenario, el narrador omnisciente hace que el dramaturgo levante la mirada y, pese a tantos años de oficio, sienta la presencia imponente del teatro lleno. Los focos le deslumbran. Suda. Es consciente de ser el centro de atención y tener que controlar la emoción de un momento que, lo admite, le intimida. Se repite lo que siempre les dice a los actores: la simplicidad es lo más difícil. La adrenalina nace del riesgo de fracasar y de que el fracaso pueda ser estrepitoso —e innecesario, piensa, ya que se lo habría podido ahorrar—. Los oradores que le han precedido han apelado a una comunidad de emociones y de memoria de la que no participa.

En lugar de farfullar o quedarse grotescamente en blanco, como le habría gustado al narrador omnisciente, el dramaturgo se hace cargo de la situación. Consciente de que debe distanciarse del tono de los otros premiados, toma un sorbo de agua y, sin leer ningún papel, se agarra al atril como si tuviera que salir propulsado hacia el espacio sideral. Con la falsa humildad que le sirve para meterse en la piel del personaje que no ha dejado de interpretar desde que le anunciaron que había ganado el premio, cuenta que está aquí por culpa de una depresión y del consejo de su terapeuta de salir de la zona de confort. Que se siente muy honrado pero también algo sorprendido por un galardón cuya existencia, con franqueza, ignoraba. Y que el único vínculo que le une al pueblo, al frío y a la niebla es el río y el recuerdo de su abuela muerta, ahogada, no se sabe si por accidente o en «extrañas circunstancias».

Mientras lo está diciendo, el dramaturgo siente que ha subido un peldaño en la escala de la atención del público: el silencio es más denso. Y entonces habla de la abuela a la que no conoció, de su tumba —con la fotografía de una mujer demasiado joven para morir, prematuramente envejecida a causa de los estragos de la guerra y del exilio de su marido y sus hijos, que la dejaron sola porque ella se lo suplicó: no quería ser un lastre—. No añade ningún énfasis a su relato. Como dramaturgo, siempre insiste en que los actores no estropeen el texto con excedentes de histeria, sudor, gemidos, gritos, temblores y otras inflexiones innecesarias. Proyectando la voz como si fuera más alto de lo que es, concluye que no conoció a su abuela pero que hoy se siente doblemente heredero de su legado, intuyendo que aquí el adverbio *doblemente* sí está bien aplicado. La frase recorre el teatro como un murciélago que

68

busca desesperadamente una salida. Encarna las tensiones entre el narrador omnisciente y el protagonista y sirve para que el público le aplauda con una generosidad a la que le fastidia no saber corresponder. Gracias al muro emocional ensayado en la terapia, logra centrarse en un único objetivo: huir.

Si esto fuera una película, veríamos como el dramaturgo saluda a los otros galardonados y participa en la foto de familia siguiendo las instrucciones de su interlocutor, impecable anfitrión. Y cómo recoge la estatua conmemorativa, de bronce, que pesa seis kilos. Es la reproducción de la figura de una payesa *noucentista*, y celebra que no sea el típico artefacto abstracto que no sabes cómo interpretar. Conscientes de que pesa mucho, los organizadores han previsto una bolsa de asas que los premiados cargan sin perder la sonrisa. Al dramaturgo le parece coherente no quedarse a la cena. Al fin y al cabo, es un intruso y rompería la armonía que une a los premiados. Saluda, da las gracias, se muestra sinceramente complacido y, al mismo tiempo, intuye que no volverá a verlos.

Al salir del teatro, nota que hace más frío y que la niebla, que cuando llegó le parecía de atrezo, ahora tiene una textura esponjosa. Se pone el gorro de lana y camina hacia el río. La bolsa se le rasga y la estatua está a punto de caer. Con reflejos de portero de balonmano, consigue agarrarla a tiempo y cargarla en brazos. Si esto fuera una película, resultaría casi imposible reproducir la densidad de la niebla y las dudas del dramaturgo a la hora de recordar dónde ha dejado el coche. Tiene la consciencia de que el río está allí mismo. Siente su proximidad a través del ruido del agua, que, más que percibirse, se adivina, como si el narrador omnisciente jugara a alejarlo y acercarlo en función de sus intereses. Un narrador que, excediéndose en sus atribuciones, hace que el dramaturgo tropiece con algo y que, al mirar, descubra dos alpargatas.

El dramaturgo se indigna y se niega a seguirle el juego al narrador. Igual que en su primer día de terapia, ignora qué quería lograr al venir aquí, aunque conjetura que no saberlo es el principio de la respuesta. Con decisión, les pega dos patadas a las alpargatas (si fuera una película, tendrían que haber discutido qué modelo de alpargatas y repetido la escena una y otra vez) y saca de su bolsillo la llave del coche. Sin dejar de abrazar la escultura, pulsa el mando automático. Y como el navegante perseguido por un temporal, que busca la luz de un faro que lo lleve a buen puerto, intuye la luz roja que se enciende difuminadamente, acompañada de un biiiip, que suena

70

como si el coche le diera la bienvenida. Después de poner la llave de contacto, escucha el rugido reconfortante del motor y el bufido de la calefacción, celebra que esto sea un cuento y no una película y haber evitado que el narrador omnisciente lo obligara, como tantas otras veces, a confundir las servidumbres de la imaginación con los placeres de la fantasía.

TE QUIERO

Trabajan en el mismo hospital. Ella es la coordinadora de planta y él es administrativo. Se conocieron durante los Juegos Olímpicos –los dos eran voluntarios– y un año más tarde, sin pensarlo demasiado, se fueron a vivir juntos. Que el primer día de la relación coincidiera con la ceremonia inaugural los retrotrae a la emoción de haber visto juntos la flecha que, lanzada por Antonio Rebollo, encendió el pebetero del estadio. Según los cronistas, la flecha oficializa la transición del complejo de inferioridad a una leyenda de ciudad basada más en presunciones que en la realidad. De su primer beso, marcado por la pirotecnia del momento, les ha quedado un recuerdo impermeable a la erosión de la propaganda. Les enorgullece que el aniversario conmemore un punto de partida con una dimensión particular –ellos– y una aureola colectiva

–la ciudad, el país, el mundo–. Cada cinco o diez años, cuando los voluntarios son convocados para mantener encendido el pebetero de la nostalgia –y por más que se haya establecido que el encendido fue, técnicamente, una engañifa–, todo el mundo los felicita como ejemplo de amor elevado a la condición de disciplina olímpica, sin medallas ni récords pero con las mismas exigencias de perseverancia, sacrificio e ilusión. Ellos lo aceptan asumiendo la onda expansiva del día a día como único motor de la historia. En momentos de distanciamiento –para una pareja la monotonía equivale a las lesiones para un deportista–, el aniversario les ha servido para no olvidar dónde empezó todo y aferrarse a la engañosa jerarquía de los males menores. Ahora, mientras se dirigen hacia el trabajo –una insólita conjunción de horarios les ha permitido compartir unos meses de conciliación familiar–, cada uno piensa en la sorpresa que le dará al otro. A estas alturas ya han agotado el repertorio de regalos de aniversario. Los viajes en parapente y los saltos en paracaídas, las cenas en restaurantes en los que hay que reservar mesa con un año de antelación, incluso las fiestas sorpresa, que les sirvieron para descubrir que ambos las odiaban. Para celebrar sus treinta años de vida en común –sin interrupciones, sin hijos, sin abismos de salud–, ella ha

74

pensado en dedicarle una canción en la radio. Cada día, cuando están en el coche camino del trabajo, escuchan el programa en el que, a través de un mensaje de voz, los oyentes pueden dedicar una canción. Es la actualización de los programas de discos solicitados del siglo pasado, que propiciaban declaraciones de amor y, a menudo, de súplica y redención. Ella no lo sabe, pero él ha tenido, idéntica, la misma idea. Siempre comparten estos tres minutos de radio –antes de las señales horarias de las ocho–, maravillados por la naturalidad con la que los oyentes se felicitan y, sin preocuparse por el impudor que pueda provocar escucharlos, se dicen te quiero.

Los dos han elegido una canción –La Canción– relacionada con los Juegos Olímpicos sin saber que solo emitirán una dedicatoria. El día antes, él alega un cambio de turno para no ir juntos al trabajo y a ella ya le viene bien, porque prefiere que él escuche la canción –y la dedicatoria– con cierta intimidad. Media hora antes, él pierde el tiempo por la cafetería del hospital, conectado a la aplicación radiofónica de su móvil. Dentro del coche, ella también espera hasta que el locutor anuncia que, como dos oyentes han pedido la misma canción, para no perjudicar a ninguno, el programa emitirá los dos mensajes de voz. Primero suena el de él, con su particular manera de pronunciar las erres, y a continuación el de ella, siempre al límite de la estridencia, y finalmente la canción, que la posteridad ha transformado en el himno de una complacencia prefabricada. El impacto de la sorpresa, que debería ser de alegría, es de perplejidad. En lugar de unirlos y situarlos en un espacio de complicidad, que se les haya ocurrido la misma idea les provoca una incomodidad y un vértigo casi simétricos. La sonrisa expectante se rompe en mil pedazos. A través de WhatsApp, empiezan a recibir comentarios de amigos y familiares que escuchan el programa, los han reconocido y los felicitan con aludes de emoticonos y signos de exclamación. Ellos, en cambio, no se envían ningún mensaje. Sin decírselo —no saben hasta cuándo podrán fingir que no han oído la dedicatoria–, perciben que la flecha les pasa por encima. Y que, en lugar de interceptarla con un beso o la celebración de tantos sentimientos acumulados durante treinta años, prefieren ignorarla, como si acabaran de descubrir —siguen llegándoles mensajes– que la dedicatoria de amor se ha transformado en un ritual de despedida o, peor aún, en la prueba —ahora sí, irrefutable– de que, sin energía para maquillar la realidad con la estrategia de la engañifa, la flecha ya no está encendida.

POR QUÉ NO TOCO LA GUITARRA

A Ramon Solé

Invierno de 1969. Atahualpa Yupanqui actúa en un teatro de la periferia de París. Soy lo bastante pequeño para depender de mi madre, que me lleva con ella a todas partes. Del concierto recuerdo el silencio del público, formado mayoritariamente por exiliados sudamericanos, y el estruendo de los aplausos, que transforman la nostalgia en exorcismo. En el escenario, Yupanqui impone, envarado en un traje de notario rural, hierático cuando presenta –chacarera, zamba, milonga– sus canciones. En el mismo recuerdo, la guitarra amplifica la simetría de las rimas. Ajeno a cualquier criterio musical, vivo el concierto a través de la expresión de mi madre. En cada pausa para aplaudir, ella me mira y me da a entender que no tolerará –la intimidación es una forma de educación– que sabotee la excepcionalidad del momento. La secuencia continúa. El concierto

77

(bises incluidos) ha terminado. Yupanqui está sentado en un lateral del escenario, ante una fila de espectadores que, con paciencia eucarística, esperan a que les dedique el disco (del sello Le Chant du Monde, que los organizadores venden allí mismo). Cuando llega su turno, mi madre se desahoga hablando el mismo idioma que Yupanqui, le cuenta que ella también es exiliada (y comunista) y me presenta como si fuera el muñeco de un ventrílocuo: «Es mi hijo Sergio. Saluda al señor Atahualpa». Con las mismas manos que hace un momento tocaban las seis cuerdas de una guitarra que sonaba como si tuviera cincuenta, el artista me corresponde con un apretón –si fuera un cuadro, podría titularse: *Mano de muñeco en mano de gigante*– mientras mi madre le dice: «Le gusta mucho la guitarra».

No tengo consciencia de que la guitarra me guste especialmente, pero la afirmación tendrá consecuencias. Hasta entonces he sido un niño callejero, de bicicleta y pelota (de fútbol). Quizá porque no tenemos televisor, en casa la vida gira alrededor de los gustos y las aficiones de mi madre y mi hermano. El talento de ambos para proponerme ocupaciones más estimulantes que las que podría idear por mi cuenta me atrofia la capacidad de iniciativa y me convierte en un gandul camaleónico. A veces esa tendencia a imitar lo que hacen los demás causa cortocircuitos e incompatibilidades que mi madre resuelve echando por el atajo. Un ejemplo: mi amigo Rodolphe (que acabará jugando en la selección francesa de rugby y marcando tres ensayos contra Zimbabue), que tiene un año más que yo, ha empezado a estudiar solfeo y clarinete en el conservatorio municipal. Le insisto a mi madre para estudiar lo mismo que Rodolphe. Ella recaba información: el solfeo es gratuito, pero el conservatorio no se hace cargo ni del instrumento ni de los gastos de aprendizaje. Al salir del trabajo (dependienta en una franquicia de material deportivo), mi madre busca la tienda de instrumentos más cercana (Jacques Camurat, rue de Rome). Cuando comprueba que los precios de los clarinetes son prohibitivos, pregunta cuánto cuestan las guitarras, en concreto una más pequeña que las otras, rebajada, expuesta en el escaparate.

Queda el último obstáculo: quitarme el clarinete de la cabeza. Mi madre elabora una estrategia a partir del disco *Le disque d'or de Sidney Bechet*. Lo escucha cuando sufre crisis de morriña, sobre todo el tema «Si tu vois ma mère». Es un *slow* que la hace llorar y pensar en su madre (que murió ahogada en el río, no se sabe si porque resbaló y se cayó, porque se tiró al agua o porque alguien la empujó). La carátula del disco

79

la ocupa un primer plano de la cara de Bechet. Aunque sonría, es un concentrado de arrugas. Frunciendo el ceño, mi madre me previene de que, si toco el clarinete, acabaré teniendo las mismas arrugas, los mismos labios destrozados y hoyuelo en el mentón que Bechet. No es verdad, pero la manipulación también es una forma de educación. Y es entonces cuando, con un gran control de la política de hechos consumados, mi madre abre el armario y saca una guitarra guardada en una funda de mala imitación de cuero.

La ceremonia de abrir la funda, recreándose en la intriga de la cremallera con el tempo de una bailarina de striptease, marca la transición de ser un posible clarinetista a un potencial guitarrista. El engaño funciona. Tanto que, muchos años más tarde, cuando me entero de que en el disco Bechet no toca el clarinete sino el saxo soprano, sonrío con deportividad en lugar de sentirme retroactivamente estafado. Antes de que pueda replanteármelo, mi madre me inscribe en el conservatorio para aprender solfeo y guitarra con monsieur Carrión, un valenciano exiliado que se pasa las clases fumando y que, cuando no está tosiendo agónicamente, me enseña las posiciones de los dedos y dos estudios del método Matteo Carcassi. El método contiene aforismos encubiertos: «La guitare peut jouer dans tous les tons, mais comme tous les instruments elle a ses tons favoris». Mi madre también tiene sus preferencias: cuando el conservatorio organiza un concierto de final de curso, me obliga a estrenar unos calcetines de rombos que todavía me avergüenzan. No debo tocar demasiado bien porque la mitología familiar solo ha conservado la gesta de los calcetines. Y justo cuando debería haber empezado segundo curso de guitarra, dos noticias marcan el final de mi carrera como instrumentista académico: monsieur Carrión fallece a causa de un cáncer de pulmón y, contra todas las opiniones de amigos, familiares y camaradas del exilio, mi madre decide abandonar París y volver a Barcelona.

En el tren que emprende el mítico viaje de regreso a la patria, mi madre reparte responsabilidades. Ella y mi hermano llevarán un baúl y una maleta y yo me encargaré de la guitarra. No es que tenga un vínculo especial con ella. La prueba es que en las últimas semanas la ha tocado más mi hermano que yo. Él acabará siendo el guitarrista de la familia, con un talento que sigue cultivando. Yo, en cambio, tengo otras prioridades (el fútbol). Practico con la guitarra a ratos muertos, sobre todo para aprender los acordes que, como tantas otras cosas, me enseña mi hermano. El azar, sin embargo, nos plantea retos que ni él ni yo habíamos previsto, como que el final del exilio de mi madre inaugure el nuestro, agravado por el trauma de no haber podido despedirnos de nuestros amigos sin tener –aún– otros nuevos. He nacido y vivido en Francia y ahora tengo que adaptarme a una Barcelona que, descubro, tiene un idioma que apenas empiezo a intuir. Contexto: al no tener los papeles convalidados, mi madre recurre a su amistad con Carme Serrallonga y le pide que me acoja en la escuela que dirige, una de las pocas en la que, con Franco todavía vivo, todas las clases se imparten en catalán.

Tutelado por los hijos de estirpes indígenas, aprendo la lengua de los nativos con la avidez del converso. La impaciencia por ser aceptado me obliga a explorar virtudes que no tengo. No soy alto. No tengo los ojos azules. No tengo un coeficiente de inteligencia superior a la media. Pero, en mi condición de discípulo de monsieur Carrión, sé rascar una guitarra de medidas no reglamentarias. Dato relevante: he cursado toda la escuela primaria en una escuela pública francesa pero solo con chicos. Ahora vivo el vértigo de compartir curso con... ¡hasta cincuenta chicas! Me relaciono con ellas con la guitarra como salvoconducto. Aprendo a cantar las canciones que suenan en mi casa, de Raimon, Ovidi Montllor,

Pi de la Serra, Joan Manuel Serrat, Maria del Mar Bonet y Pau Riba y, en español, de Paco Ibáñez, Carlos Gardel, Víctor Jara y Atahualpa Yupanqui, que también despiertan miradas prometedoras.

Es, con diferencia, mi Gran Momento. Un niño francés en vías de catalanización, con una madre escritora de éxito y un padre que es la versión antifranquista del Hombre Invisible, despierta el interés de sus coetáneos y propicia amistades que me gustaría no tener que abandonar nunca. Hablo, canto y empiezo a escribir en catalán, en parte por la influencia de la escuela y en parte porque así puedo llamar la atención de las chicas que me gustan con poemas que fusilo de los libros que —no me había dado cuenta— llenan los estantes de mi casa. De Salvat-Papasseit a Vinyoli, pasando por la trágica vaca ciega, me injerto una literatura que —lo dice la Wikipedia— acabará adoptándome.

La guitarra es un elemento de promoción que compagino con los poemas. Mi hermano ya tiene guitarra propia, porque la mía le queda pequeña. Él perfecciona su nivel tocando canciones de Leonard Cohen y Bob Dylan, dejándose crecer el pelo y admirando a guitarristas que acaban sus conciertos destrozando —jamás lo entenderé— guitarras en el escenario. Yo admiraré a otros muchos guitarristas, confiando en que podré contagiarme de su talento sin las servidumbres del esfuerzo y el sacrificio de la disciplina. Por coherencia gandula, solo canto en los idiomas que entiendo. Exploto la guitarra pequeña hasta que, el día que cumplo dieciséis años, mis amigos hacen una colecta y me regalan una nueva (comprada en Audenis por dieciséis mil pesetas). El gesto me conmueve y me obliga a asumir que la Camurat ya no está a la altura. Paso a tener dos guitarras y, años más tarde, una tercera, Ovation, comprada más por capricho que por necesidad. Pi de la Serra tenía una y yo quería parecerme a él para tocar dos de sus grandes éxitos: «L'home del carrer» y «Passejant per Barcelona».

La Barcelona que inspiró esas canciones es previa a la muerte de Franco. En aquella ciudad abundaban las guitarras y las ganas de tocar. Por todas partes se compartían acordes y cancioneros, himnos revolucionarios o baladas que, sin serlo, parecían románticas. Tocar la guitarra no era solo una afición, sino una seña de pertenencia a una causa, aunque la causa fuera la extravagancia del trío aficionado Purpurina's Band. Rescataban éxitos del repertorio de posguerra, celebrados con la ironía de los dieciséis y diecisiete años. Luego, con Franco aparentemente enterrado, la ciudad se convirtió en una cuenta atrás para recuperar el tiempo perdido. El teatro, la música, los nuevos grupos y todas las tendencias reivindicaban la rumba, el jazz, el flamenco, la copla, la sardana, las orquestas de baile y la alegría libidinosa que de todo ello se deriva. En el instituto –mi madre me había sacado de la escuela porque le preocupaba que acabara convirtiéndome en un pijo– formé parte de un grupo –todavía no se llamaban bandas pero ya no se llamaban conjuntos– con el que interpretábamos la sintonía de la serie *Sandokán*. Éramos los hermanos pequeños de los jóvenes más politizados. Sin los riesgos del antifranquismo practicante, podíamos permitirnos el lujo de adscribirnos a un pseudoanarquismo desvergonzado. Una muestra: en una manifestación en la Rambla, el día de Sant Jordi, en lugar de rosas rojas enarbolamos alcachofas con una cinta de la senyera. Nos hacemos llamar Indios Metropolitanos con la arrogancia recreativa de creernos situacionistas y entonamos himnos de excursionistas borrachos: «¡Queremos los dónuts sin agujeros!». Grotesca, la manifestación se disuelve a la altura del Liceo, interrumpida por carreras y estampidas en las que reconocemos, con policías de verdad pisándoles los talones, a nuestros hermanos mayores.

Si las guitarras hablaran, contarían esa época. El compromiso de los cantautores se alterna con la emergencia de los layetanos, la tribu que propugna una identidad genuina y libertaria, al margen del marxismo y de las solemnidades nacionales. Fundas de guitarra abiertas para recaudar pesetas en la calle o en los pasillos del metro, o vendidas al peor postor cuando las drogas empiezan a circular y los instrumentos cambian prematuramente de manos. Es imposible hacer una cronología de todo lo que descubrimos en aquel periodo: los años se mueven como olas que las tensiones entre memoria y olvido hacen avanzar, retroceder o naufragar.

Avanzo, retrocedo y de vez en cuando naufrago. En una tienda de electrodomésticos de la calle Pelayo, compro el disco doble (Philips) de Paco de Lucía y Camarón de la Isla. Es un amor de hasta que la muerte nos separe. Un poco más tarde, mi hermano aparece con el disco *El gat blanc*, del mismo Toti Soler que mi madre escucha cuando canta «Em dius que el nostre amor». Son guitarristas a partir de los cuales puedo ordenar el pasado con cierta exactitud. Todos sus discos alimentan la mitomanía de un adolescente con las ínfulas de creer que sabe tocar «Entre dos aguas» o «Sardana flamenca».

El universo de la guitarra se expande a través de la leyenda de los dedos quemados de la mano izquierda de Django Reinhardt, la caravana incendiada a causa de un cigarrillo que entra en combustión con el culín de licor que alguien no ha sabido apurar. Reinhardt es el big bang, el origen de una descendencia nómada con parentescos consanguíneos o de adopción. Es una descendencia que consagra a los imitadores y a los discípulos y que instaura una especie de híbrido entre el deporte y el arte, a ver quién toca más deprisa y hace los solos –punteado, le llamábamos entonces– más virtuosos. La energía de esas carreras es pura testosterona, quizá por eso, constato, no hay demasiadas mujeres guitarristas.

Si miro hacia atrás, me veo pidiéndole una púa a B. B. King en el Palau de la Música o persiguiendo a un Biréli Lagrène preadolescente en el Instituto Francés –nunca le había pedido un autógrafo a alguien más joven que yo–. O viajando a Montpellier para ver al Rosenberg Trio (en un sótano en el que saltan los plomos y los guitarristas siguen tocando a oscuras). O hablando con un falso representante del Niño Miguel, enloquecido por las calles de Huelva y tocando con solo tres cuerdas porque no puede permitirse el lujo de pagar las seis. O coleccionando todas las formas posibles de jazz gitano, primero desde Francia y Bélgica y más tarde devorando las fanfarrias balcánicas, funerarias y festivas. O celebrando que Núria me avise cada vez que Biel Ballester actúa en Barcelona. Es un vicio que provoca momentos de posesión sobrenatural que, por suerte, (casi) nadie ha visto. Consciente del coste de según qué aficiones, aprendo a renunciar a todas las guitarras que me gustaría tener. Carezco de la voluntad para tocar flamenco o jazz. Centralizo mis excesos en la adquisición de una Camps, porque la utilizan muchos cantautores y tiene la ventaja de ser simultáneamente clásica y eléctrica. La amortizo tocando blues y recuperando un cancionero artesanal que incluye canciones de Gato Pérez y Peret o del repertorio ecléctico –de cuando nadie utilizaba la palabra *ecléctico*– de los Purpurina's Band (malas noticias: eran tres; solo queda uno).

De vez en cuando entro en las tiendas de instrumentos con la actitud de un yonqui, que los empleados detectan como una oportunidad de negocio. Debería existir una lista negra como la de los ludópatas en los casinos para prohibirnos la entrada, pienso mientras veo como se acercan con la sinuosidad depredadora de los camellos. Resultado: sigo avanzando, retrocediendo y naufragando. Maldiciendo el día en que vendí la Ovation, compro (en una tienda de la ronda Sant Antoni) una guitarra acústico-eléctrica coreana, con cuerdas de acero. No la necesito porque casi nunca toco y, tras infructuosos intentos de redención –un gandul siempre será un gandul–, se la acabo regalando a mi hija. El distanciamiento de la guitarra se ha agravado con la paternidad y la condición de, digamos, escritor. Entonces es más una conjetura que una certeza: aunque tocara la guitarra, no sería guitarrista; pero aunque no escribiera, sí sería escritor. Otras prioridades me alejan del instrumento. En uno de mis viajes con Anna –cambiarle el nombre me ayuda a creer que todo esto es ficción– a Lisboa, cerca de aquella estatua contrahecha de Fernando Pessoa, localizamos una tienda de instrumentos con un escaparate ideal: un bodegón de guitarras portuguesas –naturaleza viva– y tres clarinetes en posición de firmes, como los centinelas de un ejército superior. Anna me mira sabiendo que le he prometido rehabilitarme. A pesar de ello, entramos «solo a preguntar» y yo pregunto, sí, pero no por el precio de ninguna guitarra –es lo que ella esperaba–, sino de un clarinete. Anna me traduce el precio del clarinete de escudos a pesetas y, tras una pausa dramática, deja que sea yo el que concluya que es imposible comprarlo. Pensando que tendré otras oportunidades de recaída (y desintoxicación), renuncio.

La obsesión perdura. Un día que salgo a escribir una crónica sobre la estrechez de las aceras, paso por delante de una tienda de instrumentos (Gran Vía, lado mar) y me enamoro de un clarinete, desmontado y expuesto dentro de un estuche abierto. Se le ve desvalido entre una selección de productos rebajados y, en general, bastante feos. Imagino defectos de fabricación, o historias de instrumentos de segunda mano comprados y vendidos a usureros sin escrúpulos. Me lo puedo permitir, y dignifico su compra añadiéndole un método: *Método Klosé para clarinete*. Anna presencia la llegada del clarinete y las justificaciones que la acompañan como el síntoma de una incompatibilidad que tendrá consecuencias. Aprendo a poner lengüetas de caña y a montar y desmontar el instrumento, a engrasar la madera (que intuyo que no es madera), a descubrir que, según el método, existen notas «tónicas, sensibles y dominantes» y, sobre todo, a intentar soplar. Me mareo, pero no lo admito. Persevero, abandonando las expectativas de la Camurat, que he colgado en la pared como la cabeza disecada de un trofeo de caza. Acabo encontrando el modo de articular sonidos, como el que aprende a escribir su nombre en una lengua que nunca dominará. Para un guitarrista, el clarinete es un idioma ignoto, que pasa por la boca y la respiración. Gracias a las instrucciones del método, acabo gestando los balbuceos de un debutante. Primeros pasos: me obstino en acompañar las melodías

90

de los discos de Anna (Simply Red, Luz Casal, Franco Battiato y Dollar Brand cuando todavía no se llamaba Abdullah Ibrahim). Para no ofenderme, Anna entrecierra discretamente las puertas sabiendo que estoy más cerca de abandonar que de continuar. Tiene razón: abandono, pero, por orgullo, conservo el instrumento en su estuche original. Sería una de las primeras cosas que, en caso de incendio, intentaría salvar.

Las guitarras, en cambio, han tenido destinos y suertes diversas. La Camps agoniza en un trastero de Sant Gervasi, con las cuerdas emblandecidas (cuando pienso en ellas, imagino los largos mechones del cráneo de un cadáver dentro de un sarcófago). La funda está intacta, y la conservo porque no descarto que en algún momento del inminente apocalipsis tenga que salir a la calle a pedir limosna, y siempre resultará más vistoso hacerlo con la funda de una guitarra que con un vaso vacío del Starbucks. La acústica coreana se la quedó mi hija después de que intentáramos venderla en un Cash Converters. Superado el trámite de una deliberación ignominiosa, la valoraron en setenta euros. Me pareció degradante, no tanto para la guitarra como para mí. Pensé que si mi hija me veía venderme a un precio tan bajo, afectaría a su autoestima (no calculé que tendría otras oportunidades de defraudarla). Conservo la Audenis que me regalaron mis amigos. Tiene muchas cicatrices y necesitaría someterse a una cirugía restauradora. No descarto hacerlo, aunque solo sea para recuperar una prueba material de mi Gran Momento. La última recaída la tuve durante la pandemia: me compré una guitarra de pésima calidad y me daba tanta vergüenza volver a tropezar con la misma piedra que le dije al vendedor que era para un sobrino adolescente que quería aprovechar el confinamiento para iniciarse en el instrumento. El propósito real era componer una especie de cancionero autobiográfico. Pero no pasé de «Aquellas pequeñas cosas». En cuanto a la Camurat, protagonizó la escena que nunca quisiera haber vivido. La asistenta –otra virtuosa de los hechos consumados– me dijo que la guitarra se había caído mientras limpiaba y me preguntó qué quería que hiciera con ella. La agarraba por el mástil, sin respeto alguno, con las clavijas y la caja precariamente unidas por cinco cuerdas heroicas (La Bella, como las que utilizaba João Gilberto). No era una guitarra: era un cadáver pasado por el cuchillo de carnicero de Jack el Destripador o por la violencia opiácea de los guitarristas melenudos que tanto admiraba mi hermano. No he olvidado la secuencia de despedida. Meto los restos dentro de una bolsa de basura (negra, porque las azules son demasiado coloristas para hacerle justicia a un momento tan siniestro) y, pensando en los cuarenta años que hemos compartido, bajo a tirarla al contenedor. Lamento que no existan contenedores especiales para guitarras muertas. Vuelvo a casa fingiendo que no me ha afectado, que es bueno no aferrarse a las cosas materiales y que en la vida todo tiene un principio y un final. De madrugada, sin embargo, para no importunar a Anna –duerme con los puños cerrados, como si se defendiera del ataque de fantasmas–, salgo de puntillas del dormitorio y, en el comedor, enciendo el ordenador y conecto los auriculares. Mi intención es entrar en YouTube y, como homenaje a la Camurat prematuramente asesinada, hartarme de escuchar las chacareras de Yupanqui, los *swings* agitanados de Reinhardt, Ballester o Lagrène, el vals orquestado del Niño Miguel, la esencia callada de Toti Soler o la perfección de Paco de Lucía. Pero, como si los dedos que teclean el ordenador obedecieran al espectro de mi amigo Rodolphe, clarinetista y jugador de rugby, acabo invocando vídeos de clarinetistas anónimos, reconocidos, efímeros o eternos, en conciertos de etiqueta y jam sessions informales, en bailes de bodas judías, moldavas o paganas, en blanco y negro y en colores. Compruebo dos cosas: que a ninguno se le ocurre destrozar su instru-

93

mento en el escenario y que incluso a los que tienen profundas arrugas en la cara y un hoyuelo en
la barbilla se les nota la felicidad –tónica, sensi-
ble, dominante– que les produce tocarlo.

TRES PERIODISTAS

1. CUSTODIA

No suelo responder las llamadas de números desconocidos: si quieren hablar conmigo, que dejen un mensaje. En el mensaje de aquel día, una voz de mujer madura empezaba diciendo: «No nos conocemos», una afirmación que la realidad acabaría desmintiendo. La mujer me preguntaba si podíamos tomar un café y hablar de un tema que era mejor no comentar por teléfono. Me pareció que su petición no escondía ninguna intención misteriosa ni interés comercial. Después de treinta años ejerciendo el periodismo, he aprendido a distinguir todo tipo de propuestas, pero eso no significa que no me duela dejar escapar una posible historia. Respondí con un SMS y le propuse un día (laborable), un lugar (público) y una hora (no demasiado intempestiva). Ella aceptó enseguida. Los dos llegamos cinco minutos antes de la hora acordada. Debía de tener mi edad y, sin más preámbulos y mirándome a los ojos, me dijo que le dolía mucho romper el protocolo de confidencialidad pero que durante unos meses no podría ejercer su papel de ángel de la guarda. Pese a que su tono no era nada impostado, me lo tomé con la mezcla de fastidio y resignación con la que a veces he tenido que torear peticiones de gente emocionalmente inestable. Son personas que confían en la visibilidad y accesibilidad de los periodistas para intentar crear vínculos imposibles o compartir manías, reclamaciones y denuncias extravagantes. En estos casos conviene ser delicado y lo suficientemente ambiguo en las respuestas para evitar reacciones expansivas. El secreto radica en no estimular la euforia de la esperanza ni —el periodismo no es un superpoder— el rencor del rechazo. Asimilé lo que me acababa de decir la mujer: que le habían diagnosticado un cáncer y que las sesiones de una quimioterapia experimental le impedirían ejercer de ángel de la guarda tras casi sesenta años de custodia ininterrumpida.

Nací en una familia agnóstica, más propensa al psicoanálisis que a los santorales. Nunca he sido creyente ni por acción ni por omisión, aunque también he observado que creer ha reconfortado a personas de mi entorno y las ha ayudado a superar no solo los momentos de desgracia sino la simple amenaza de que pudieran producirse. La figura del ángel de la guardia me resultaba radicalmente extraña. Pertenecía al ámbito de la historia del arte, de la ficción, o al repertorio de metáforas que utilizamos para definir lo inexplicable. El relato de la mujer, en cambio, incluía detalles de una precisión espeluznante. Según ella, había intervenido para hacerme la vida más plácida y, sobre todo, para evitar desenlaces irreparables. Aplicando la estricta metodología periodística, inquirí detalles que ella confirmó con una mueca contrariada, como si estuviera harta de ser tratada con suficiencia e incredulidad. El café se alargó. Abusando de su confianza, le pregunté cómo era posible que en el universo de los ángeles de la guardia no existiera una reserva de interinos para cubrir excedencias, bajas o situaciones de invalidez como la que me estaba anunciando. No escuché la respuesta porque ya había decidido acabar la conversación con el propósito de no ofenderla. El ángel insistió y, antes de despedirnos, me imploró –noté que se le rompía la voz– que extremase las precauciones y evitara decisiones precipitadas. «Espero regresar pronto a mi puesto de vigilancia», dijo sin disimular cierta esperanza.

El Orfidal no me ayudó a dormir. La conversación había abierto remolinos de dudas que interferían en cualquier pensamiento. Las situaciones que el autoproclamado ángel me había explicado se abrían paso. Todos los días en los que, con una lógica paranormal, me había salvado de momentos peligrosos. En algunas de estas situaciones yo mismo me había referido, con ironía, a un posible ángel de la guardia. Aprender a vivir sin alguien cuya existencia ignorabas hasta ahora no podía ser tan difícil, pensé ingenuamente. Al día siguiente, me sentía como si acabara de perder mi sombra. Me daba la impresión de vivir a la intemperie y de que cualquier situación −incluso la más insignificante− atraía malos presagios. Por suerte, el trabajo me obligó a salir de la espiral neurasténica y a centrarme en la inercia habitual. Desde la redacción, llamadas para confirmar desmentidos y desmentir confirmaciones, y el intercambio de falsas cordialidades que se establecen a partir de un interés mutuo, más tácito que eficaz. Liturgia del blablablá y un dominio del rumor que había que reconvertir en noticia o, si la actualidad bajaba con poco caudal, en especulación.

Tardé unos días en volver a pensar en ello hasta que la evidencia irrumpió del modo más tópico: por accidente. Sucedió en la Diagonal; mientras intentaba asimilar la confluencia de peligros –bicicletas, patinetes, coches, autobuses, skaters, motos, runners, gente de movilidad errática y agentes ambulantes de oenegés– no vi venir el autobús –línea V11– o, para ser más exactos, el retrovisor lateral del autobús. El impacto actuó como un interruptor: off. Lo que entendemos por consciencia quedó momentáneamente a oscuras. La oscuridad era incontestable y, al mismo tiempo, relativa. Podía sentirla pero no entenderla. El dolor era una estrategia de distracción que no quise seguir ni siquiera cuando, no sé si poco o mucho tiempo después, vi el rostro de una doctora (su corte de pelo me hizo pensar en la actriz Jean Seberg). Me iluminaba la retina y me preguntaba cómo me llamaba. Era el primer peldaño de una convalecencia en la que cada progreso era saboteado por pasos atrás y diagnósticos categóricos insólitamente desmentidos. Nadie me dijo que había tenido suerte. Al contrario. Notaba el cansancio de las enfermeras y la impaciencia de los fisioterapeutas. Los especialistas tenían prisa por perderme de vista y delegaban su desconcierto en los analgésicos y los antidepresivos, incluso cuando, contra todos los pronósticos, empecé a mejorar.

Tiré del hilo de la llamada del número desconocido y, gracias a mis contactos en el oficio, averigüé que la línea correspondía a un titular ingresado en uno de los hospitales de la ciudad. Todavía con una muleta, busqué al ángel de la guardia, quizá con la intención oculta de preguntarle si había tenido algo que ver con mi recuperación. No podía acceder a la unidad de cuidados intensivos y, al no ser familiar del paciente, tampoco me quisieron informar. Pero esta profesión me ha enseñado que, cuanto más estricto es un protocolo, más excitante resulta romperlo. Acabé sabiendo que la quimioterapia del ángel había sido larga y decepcionante. De fracaso en fracaso, las expectativas habían quedado reducidas a los límites de la esperanza. Me habría gustado ofrecerme y agradecerle todas las ocasiones en las que había intervenido para hacerme la vida más segura. Habríamos comentado los hechos que nacían de una intervención suya, no solo en el ámbito de los accidentes sino también –y sobre todo– en el de las decisiones, a menudo contrarias a lo que en principio había imaginado. Si el ángel hubiera necesitado un riñón o una transfusión, se los habría dado. No se los pude ofrecer porque escuché el biiiiip continuo de una de las máquinas –no sabría precisar si de soporte cardiaco o respiratorio– y la carrera –el galope de los zuecos de alguien que sabe que llega tarde– de las enfermeras, que anunciaba la muerte de un ser que me había salvado la vida más de una, dos y tres veces.

Tardé en salir del hospital porque el dolor de la cadera todavía me invalidaba. Me resistía a enfrentarme a la intemperie de la noche que, puntualmente, caía sobre la ciudad. Que no hubiera taxis en la parada me pareció el síntoma de que, a partir de ahora, tendría que asumir mi propia vulnerabilidad con la consciencia retrospectiva de haber ignorado la presencia de un benefactor invisible. Un benefactor que, contra toda lógica, no había tenido derecho a un ángel de la guardia como dios manda ni a un funeral en condiciones.

2. AILUROFOBIA

Le gusta empezar sus artículos con una afirmación concluyente. Es uno de los ingredientes de su estilo, avalado por décadas de experiencia y de reconocimientos. Reportero, corresponsal, enviado especial, analista o entrevistador de figuras relevantes de la política, el deporte y la cultura, cultiva un individualismo que le ha creado una fama de arrogante que, por pereza, nunca desmiente. Su currículum actúa como un escudo: habla seis idiomas con fluidez, ha vivido en capitales convulsas del planeta y algunos de sus reportajes se han adaptado al cine y a la televisión. Un periodista así a la fuerza tiene que ser alto y, a medida que pasan los años, cada vez más barbudo, más miope y más escéptico.

Pertenecer a la élite del periodismo le otorga el privilegio de elegir sus encargos pero también la servidumbre de saber que, si lo exige la actualidad, no podrá decir que no. Por eso acepta entrevistar con urgencia a una vaca sagrada de las letras británicas, afincado en Mallorca, flamante ganador del Premio Nobel de Literatura. Es el clásico nombre que, contra pronóstico, desbarata todas las apuestas gracias al complot de los miembros del jurado, que conspiran no para que gane el favorito sino para que pierda. El periódico se encarga de la logística. En pocos minutos recibe, a través del móvil, la confirmación de un billete de avión, el *voucher* del hotel y la reserva para recoger un coche de alquiler en el aeropuerto. Son trámites que ha aprendido a gestionar de manera rutinaria, que completa con el ritual de llevarse dos minigrabadoras, pilas de recambio, tapones de espuma para los oídos y una caja de Fortasec para contener posibles emergencias intestinales. También le gusta saber quién va a ser el fotógrafo. Con los años ha aprendido que, en una entrevista, las preguntas más interesantes suelen hacerlas los fotógrafos, que aprovechan la fugaz intimidad que se establece entre el entrevistado y la cámara, siempre más franca que la de cualquier conversación.

En el avión, relee los primeros capítulos de un viejo ejemplar de la novela del escritor premiado. Intenta recordar cómo era él cuando la leyó por primera vez, hace treinta años. El estilo no ha envejecido: mantiene la exuberancia en el detalle, el existencialismo melancólico y la capacidad de retratar la crisis de identidad de la clase trabajadora de esa época. Piensa que, teniendo en cuenta que cuando llegue a Mallorca el novelista ya habrá hablado por teléfono con multitud de periodistas, amigos, familiares y autoridades, tendrá que encontrar el modo de no aburrirlo y tratar temas más intemporales. El paisaje le ayuda. Los veinte kilómetros que separan el aeropuerto de la casa del entrevistado le proporcionan la armonía que necesita. La vegetación, la luz, la sinuosidad de la carretera y la ubicuidad del mar se coordinan para ofrecerle un espectáculo sin imposturas turísticas.

Contrariamente a lo que había imaginado, el novelista premiado lo espera a la hora convenida. Lo acompaña un ayudante, medio mayordomo, medio secretario –que exagera su acento mallorquín para burlarse de los forasteros–, y la fotógrafa, que acaba de llegar a lomos de una moto de alta cilindrada. Es una freenlance que vive en la isla, alta, de pelo rizado, mirada intimidadora y conocida por retratar a Julian Assange amordazado y con los ojos cerrados. Al periodista le transmite una sensación inmediata de respeto, quizá porque no está acostumbrado a que lo ignoren tan olímpicamente. La fotógrafa se ha centrado en ganarse la simpatía del premiado, que acepta su sugerencia de buscar los rincones más desordenados del jardín para dejarse retratar. Al periodista, la gestualidad de la fotógrafa le recuerda los movimientos del taichí y lo lleva a conjeturar que, como mínimo, las fotos serán buenas. El escritor lo ha saludado con la mano blanda y le ha agradecido la felicitación por el premio con una modestia verosímil. A continuación, la fotógrafa los ha dejado solos —«Enseguida vuelvo», les ha dicho— y el anfitrión le ha propuesto refugiarse en la galería, con vistas al horizonte, butacas de mimbre y una cubitera con dos botellas de Ladoucette.

El periodista ha conectado las grabadoras y, después de brindar a la salud del señor Nobel, ha iniciado la conversación sin consultar ninguna nota. Sabe que las primeras respuestas de una entrevista podrían codificarse con las banderas que regulan el estado del mar: verde, amarilla, roja.

104

Aunque partas de una bandera roja, siempre queda margen para modificar el rumbo de la conversación. El entrevistado confirma la fama de bebedor que le precede y el entrevistador lo adula con referencias a su obra literaria y a la influencia de personas que, por desgracia, murieron prematuramente. Después de comentar las diferencias entre la manera de beber de los escoceses («amistosa»), los irlandeses («musical»), los ingleses («colonialista») y los mallorquines («desesperada»), el escritor reflexiona sobre la desaparición de aquella clase trabajadora, recuerda la dureza de los comienzos y, como si sufriera un repentino ataque de cansancio, llama a su ayudante y le pregunta dónde están los gatos. Lo dice así, en plural, y al periodista le parece que no lo ha entendido bien hasta que ve aparecer dos ejemplares siameses que, con la indolencia que define esa especie, buscan que el premiado los acaricie repartiendo su atención con una alternancia equitativa.

El periodista se reprocha no haberles recordado a los responsables del periódico la única condición que pone cuando hace una entrevista o un reportaje: no compartir espacio con gatos. Aunque la razón oficial es una alergia fisiológica, la auténtica causa hay que buscarla en un estrato psicosomático de su infancia. Debería haberlo previsto, y más teniendo en cuenta la manía de tantos escritores de convivir con gatos, como si existiera una secreta proporcionalidad entre el prestigio de la obra literaria y la devoción por estos animales. Ahora es demasiado tarde para exigir que se vayan: la predisposición del escritor se resentiría.

El periodista sabe que la primera medida es no mirarlos a los ojos. Que, si lo hace, multiplicará la progresión de una fobia que, en pocos minutos, le obligará a abandonar la galería. El leve temblor en el párpado le anuncia reacciones inminentes. Para retardarlas, se concentra en la mirada del escritor, que, a medida que caen las copas y la tarde, se va volviendo naranja. Alejarse de los gatos se convierte en una obsesión más emergente que cualquier contingencia intestinal. Ojalá existiera un equivalente del Fortasec para cortarla de raíz, piensa. Para apaciguar los nervios, comprueba que las grabadoras funcionen –funcionan–, da un sorbo apresurado de vino, se seca el sudor de la frente y se pierde en digresiones con la esperanza de que el entrevistado no se dé cuenta.

Pero el entrevistado percibe que la conversación ha cambiado. Si no se inmuta es porque sabe que no le queda otra que adaptarse a cada circunstancia y que, en el caso de las entrevistas, le conviene aplicar –y aún más a partir de ahora– el teorema de su amigo Salvador Pániker: «Todo entrevistado queda reducido a los límites mentales del entrevistador». Fugazmente, recupera los recuerdos de cuando Pániker lo invitaba a pasar unos días en Ibiza, rodeados de higueras, algarrobos, almendros de acuarela y de unas conversaciones en las que lo más inteligente era empaparse de la sabiduría del interlocutor.

El cruce de miradas acaba siendo inevitable. Igual que en un pulso, y quizá porque son dos, ganan las bestias. Hacía años que no miraba a un gato a los ojos. Como siempre, lo primero que nota el periodista es la certeza de que ellos saben la verdad. Es un código de especie que ni prescribe ni evoluciona. Si tuviera que definir la reacción de los animales, diría que es amenazadora, hostil, de pelaje a punto de ponerse rígido, garras retráctiles afilándose y maullidos incipientes. Son la expresión de una voluntad de legítima defensa contra la memoria de un ataque que, igual que los muertos abandonados en las cunetas, conviene desenterrar. Reconocer al enemigo es una prerrogativa del instinto que, constata, le retrotrae a un episodio de la infancia.

El primer sorprendido por el nerviosismo de los gatos es el entrevistador, a punto de proponer interrumpir la conversación. Se lo piensa dos veces al ver que, con el balbuceo de un neurótico en el diván de una terapia lo suficientemente desesperada para que aún quieras contar la verdad, el periodista pierde el hilo y parte de la compostura. Va soltando palabras que incluso los gatos parecen escuchar como un alegato caótico, quizá no de una voluntad de redención pero sí de arrepentimiento. El escritor reconoce el encanto literario de la cobardía y la mezquindad, tan características de los atormentados protagonistas de sus novelas. Desconcertado, el periodista se somete al veredicto de las cuatro pupilas siamesas, un sofisticado artefacto diseñado para ser simultáneamente depredador y presa. El veredicto –culpable– le teletransporta al momento en el que, con diez años recién cumplidos, participa en una emboscada contra unos gatos huérfanos, sucios y salvajes.

Son los habitantes de los descampados del barrio, vertederos improvisados de la periferia, castigada por una pobreza que no llega a miseria, condenada por las promesas de un progreso eternamente pospuesto. Estamos a mediados de los sesenta y el feudalismo territorial asigna papeles gregarios, siempre sometidos a pequeños dictadores y aprendices de mafiosos. En este caso el poder lo regenta el rey Saïd y la banda que lidera incluye un séquito de siervos dispuestos a compensar con lealtad la inteligencia que les falta. Saïd solo tiene trece años, pero ya se postula como digno descendiente de una estirpe de hermanos tan patibularios como él. La banda reina en el control del ocio territorial. Y cuando Saïd decide aniquilar unos cuantos gatos –porque considera que hay demasiados, porque se aburre, porque se ha puesto de moda, porque sí–, enseguida se da cuenta de que el futuro periodista es demasiado enclenque para actuar con la brutalidad incondicional que la banda necesita. Pero cuando comprueba que se explica mejor que los demás, con más vocabulario, que es capaz de transformar una vulgar anécdota de extrarradio en toda una aventura, entonces lo nombra narrador oficial de cada batalla, hurto, persecución y ajuste de cuentas, variantes de un repertorio de delitos que coinciden con los motivos para acabar en un correccional.

Enfilando un monólogo tan sinuoso como la carretera que le ha traído hasta aquí, el periodista intenta explicar que la manía de matar gatos no era habitual. De ello conserva un recuerdo mutilado y la esencia sincopada de los hechos. Si las ilusiones ópticas modifican la percepción de lo que vemos, las ilusiones vividas mantienen la consciencia. Los alaridos de los gatos en llamas, corriendo con desesperación, le siguen persiguiendo. Los acólitos del rey Saïd le jalean, le aplauden y le animan a, literalmente, quemarlos vivos. La operación requiere destreza, crueldad, una lata de gasolina (robada) y un cóctel molotov (que el tópico periodístico suele calificar como de «fabricación casera», como si los hubiera industriales). El arma sirve para arrinconar al gato, asustarlo y, antes de que pueda asimilar su condición de perseguido, rociarlo con gasolina y acelerar su combustión. Luego, pasadas las horas, para hacer más soportables las tardes de lluvia o de aburrimiento, la misión del futuro periodista será, inducido por la tribu, explicar la gesta –presagio macabro de una vocación– con pelos y señales. Tendrá que recrearse en la habilidad intuitiva de los asesinos, en la pestilencia reactiva y el horror de los animales, en el contraste entre la luminosidad de las llamas y el desamparo del escenario. A veces tendrá que añadir atrevimiento y heroísmo a la crónica y alterar la verdad para cargar el desenlace de una épica inexistente. Esa condición de narrador –prostituida Sheherazade de suburbio– acabó al cabo de unos meses, cuando sus padres decidieron volver a cambiar de ciudad (y de país) y regalarle la distancia para que él creyera que ese episodio quedaba atrás para siempre, vestigio de otra vida. Años más tarde, un día en el que coincidió con un gato en el dormitorio de una posible novia, sintió la misma certeza que hoy: la convicción de que, cuando el animal le miraba –justo cuando se estaba quitando los pantalones–, sabía que estaba en presencia de un cómplice de asesinato. Era una certeza que le situaba delante de un espejo más eficaz que cualquier rasguño o mordedura. Y que obligaba al gato a no transigir, hasta el punto de que, igual que ahora, su adversario fuera incapaz de mantener la sangre fría que tanto le ha ayudado en su trabajo. Hoy tiene testigos de excepción: un flamante premio Nobel de Literatura y una fotógrafa, que acaba de volver y que enseguida se da cuenta de que, ante un pánico tan explícito, tiene que coger la cámara. Con gestualidad de ninja, y sin ningún cargo de conciencia –«vale más pedir perdón que pedir permiso» es el lema de muchos fotógrafos–, empieza a retratar la escena. Mientras pulsa el disparador, piensa que la composición de ese momento le recuerda un retablo barroco. En el centro, un rey tardío de las letras, aún bajo los efectos de la adrenalina del éxito –no todos los días se gana el Nobel–, con la nariz enrojecida, la mirada anaranjada y, con el pelaje de punta y sobre sus rodillas, dos bestias remotamente egipcias. Y, en primera línea, un vasallo que suplica clemencia. A la fotógrafa le habían hablado de él como de uno de los grandes periodistas del momento («Es un poco arrogante», le habían dicho), pero ahora parece necesitar, además de un par de Fortasecs, un milagro para dejar de ser la viva encarnación del desamparo, el remordimiento, la culpa y la abyección.

3. MÉXICO

Hay episodios de la vida de mi madre que me da igual que sean verdad o mentira. Por ejemplo: cuando contaba que, en México, aprendió inglés escuchando las canciones de Frank Sinatra. Debió de ser a mediados de los años cuarenta y entonces todavía no había tenido hijos. Según contaba, estudiaba en la Universidad de México y asistía a las clases de periodismo del escritor Alfonso Reyes. La primera vez que oí esta historia yo era demasiado pequeño para saber quiénes eran Sinatra o Reyes, y México me parecía un país de película, con hombres de risa temeraria y bigote tempestuoso. La inconsciencia y la ignorancia de entonces tenían el aliciente de suscitar preguntas que no necesitaban respuesta.

A medida que crecíamos, y cuando venía a cuento, mi madre volvía a alabar la dicción perfecta de Sinatra y la erudición del maestro Reyes.

El recuerdo esbozaba una realidad que el tiempo transformó en la clase de conocimiento que nadie te enseña pero que, tanto si quieres como si no, acabas asimilando. Inevitablemente, y no siempre respetando el orden cronológico, pasaron los años. Y un día, en la megafonía de la estación de autobuses de Nueva York, sonó una canción de Sinatra. Pese a que no sabía inglés, me di cuenta —«when I was seventeen, it was a very good year»— de que entendía casi toda la letra. Entonces ya era lo bastante mayor para haber leído los libros de mi madre y saber que México había sido la segunda —y a veces la primera— patria de miles de desterrados. Yo estaba en Nueva York, de vacaciones. Tenía veinticuatro años y en una librería hispana de la calle Catorce compré un libro de Alfonso Reyes con la intención de regalárselo a mi madre, recordando la admiración con la que me hablaba de él como de un tipo especial —barrigudo, calvo, con bigotillo, pulcritud de chaleco y pajarita, capaz de influir en Borges, Carpentier y Rulfo— y de una generosidad poco común. De aquellas clases me quedó la anécdota, casi legendaria, del Ejercicio de la Caja. En el relato de mi madre, Reyes llevaba una caja que contenía unos cuantos objetos que había elegido previamente. La abría durante unos segundos delante de cada alumno para que, a continuación, escribieran una crónica o un texto de intención periodística. El contenido de la caja variaba según el humor de mi madre, pero siempre había un reloj, una pluma estilográfica, un peine y una fotografía. La finalidad del ejercicio era potenciar la mirada del estudiante y azuzarlo a describir, con la máxima precisión, una realidad idéntica para todos. Este era, según Reyes, el reto del periodismo: tener la capacidad, ante unos hechos idénticos, de afilar la mirada y mantener un criterio y una voz propios. Muchos años más tarde, en plena pandemia, aproveché el confinamiento para escuchar la obra integral de Sinatra y comprobar que, efectivamente, le entendía más que a otros cantantes (Cat Stevens, James Taylor...) con los que había intentado, en vano, aprender inglés. También releí el libro de Reyes, atribuyéndole el poder de conectar con mi madre, atrapada en un proceso de tozuda decadencia. Era difícil concentrarse en el texto. Sentía la interferencia de mi madre, intrépida y risueña, abriendo la caja para descubrir el pretexto para una crónica. Y como hay cosas que no hace falta que nadie te enseñe, sabía que Reyes quizá no era como me había contado ella pero que, en cambio, la fantasía materna seguro que transformaba la estilográfica en objeto fetiche de un médico que había salvado vidas de soldados en el frente, que el reloj no funcionaba porque a ella le convenía que el tiempo se hubiera detenido, y que la fotografía era del puerto de Veracruz, la ciudad natal del cantante de boleros que utilizaba el peine para acicalarse un pelo melodramáticamente aceitoso.

Ahora, en cambio, estoy en el despacho del director de la residencia en la que, después de una estancia obstinada, acaba de morir mi madre. No hay tristeza, solo el alivio de sabernos mutuamente liberados de un sacrificio que, en vez de darle sentido a la vida, nos la ha amargado durante demasiado tiempo. El duelo es un trámite que, igual que el virus de la pandemia, se contagia entre los empleados y los residentes con los que mi madre ha compartido un largo periodo de decrepitud. El papeleo me distrae de pensar en las emociones y nos mantiene ocupados en una secuencia macabra: elección del ataúd, velatorio, cremación, funeral y traslado hasta el cementerio. Y es entonces cuando, repitiendo un gesto que forma parte de su rutina, el director de la residencia —la mascarilla evita que se le note la halitosis— me entrega una caja con las pertenencias de mi madre. Durante unos segundos siento la tentación de abrirla. Pero prefiero imaginar qué objetos contiene y, a partir de esa hipótesis, ponerme a escribir el texto que me tocará leer durante el funeral. Un texto que, para ser fiel a estos últimos años –innecesarios para todos–, debería quedarse a medio camino entre el panegírico y el reproche, el elogio y la crítica, y que, por supuesto, tendrá en cuenta los consejos del maestro Alfonso Reyes sobre los secretos de la crónica.

DÍPTICO BIVITELINO

1. LA MÁSCARA DEL ZORRO

No voy a refugiarme en el prestigio de las historias basadas en hechos reales que, en según qué manos, se acaban convirtiendo en ficciones delirantes. Tampoco me inventaré un álter ego: el protagonista soy yo, aunque sea un yo tan joven que, si me tropezara con él en el supermercado, no lo reconocería. Dicen que todas las células del organismo se renuevan cada siete años, de manera que mi yo de entonces ha tenido tiempo suficiente para reencarnarse en, como mínimo, cuatro replicantes sucesivos.

Estábamos a finales de los años ochenta y acababa de conocer a una mujer con la que compartiría hijos y un amor imprevisto. Digo imprevisto porque no era lógico que estuviéramos juntos, y esa incongruencia acabaría siendo el estí-

117

mulo para seguir juntos durante veinticuatro años. Al principio, cuando descubrirnos nos hacía intuir que lo mejor de enamorarse son las incógnitas y los presagios, buscábamos afinidades, y si las ganas de coincidir nos distanciaban, reconvertíamos las deficiencias en virtudes. En el fragor de una de esas conversaciones, ella me explicó que había estudiado grafología y que estuvo a punto de dedicarse a ello de manera profesional. Era un detalle lo suficientemente exótico para no dejarlo escapar y, cegado por la curiosidad, le pedí si podía analizarme la firma.

Nunca he sabido firmar con una personalidad definida. De niño, idolatraba el trazo subversivo del Zorro o la firma de mi hermano, construida a partir de una A que, como un estante, acumulaba las otras letras. Mi padre firmaba con un garabato al que llamaba *mosca*, pero tenía coartada: los documentos falsificados que había usado le habían diluido la identidad. Mi madre, en cambio, firmaba con un trazo tan voluptuoso y afirmativo que, cuando me tocaba llevar una nota suya al colegio, me daba vergüenza. Sin ninguna solvencia grafológica, pues, pasé de la infancia a la edad adulta con una firma de nombre y apellido transcritos con una insipidez burocrática. Más tarde, cuando por motivos profesionales me tocó firmar profusamente, mantuve ese prototipo de nombre y apellido sin atender el consejo de algunos colegas, que me recomendaban utilizar una firma «de batalla», diferente a la oficial, para protegerme de posibles fraudes. Retomo el hilo: mientras firmaba, me concentré en no desviarme del objetivo de gustarle. Ella anticipó una sonrisa que añadía intriga al inminente veredicto y, después de una pausa, sentenció: «Es la firma de alguien que se esfuerza por parecer lo que no es».

Acabábamos de conocernos y yo aún no podía saber si hablaba en serio o no (treinta años después, sigo sin saberlo). A continuación, lo argumentó con tecnicismos sobre el trazo de la *a*, la oblicuidad de las *s*, la continuidad entre vocales y consonantes y la manera de culminar determinadas letras con lo que definió como un «garfio». Como la respuesta no me había parecido lo suficientemente clara —o quizá porque me había parecido demasiado clara—, le pregunté: «¿Estás diciendo que es la firma de un impostor?». Son preguntas que se hacen para mantener el músculo de la conversación y la satisfacción de alargar lo que habían sido unos primeros días excepcionales. Hablarse, escucharse y mirarse eran la esencia de un lenguaje en construcción. Un lenguaje en el que los sentidos iban acumulando estímulos con la única denominación posible —que todavía me infunda respeto escribir la palabra demuestra hasta qué punto todo era volátil– de amor. Ella estaba acostumbrada a eso. Yo, en cambio, no sabía qué esperar de un diálogo que en realidad era un pretexto para hablar de otras cosas. La respuesta a la pregunta sobre mi condición de impostor fue rotunda: «Sí». Era un sí expresado con una dulzura que más adelante comprobaría que le servía igual para manifestar entusiasmos y elogios que críticas y reproches. Que a partir de una simple firma se pudiera definir a una persona a la que no conocías me parecía frívolo, poco racional. Lo viví como una extravagancia esotérica, un motivo más para dejarme atraer por el fantasioso encanto de los antagonismos. Al no creer en la grafología, la equiparaba con un juego, coherente con la moda de aquella época, de amplificar las imposturas escandalosas y las vidas simuladas.

En su condición de editora, ella misma había publicado libros sobre personajes excepcionales y monstruosos, atrapados en delirios de impostura casi criminal. Le gustaban ese tipo de historias y, en el cine o en las telenovelas, las personalidades contradictorias y múltiples. Quizá por eso, en ningún momento me pregunté si aquel diagnóstico no era más la proyección de una manía suya que un apunte al natural de mi psicología. Pasados los años, me sorprendió que ella viviera mi condición de impostor no como un obstáculo o una amenaza sino como un mal menor asumible. Después, los suplementos dominicales de los periódicos, las revistas y los programas de televisión empezaron a hablar del síndrome del impostor. Y pese a que conocía personalmente a algunos de los que se consideraban víctimas de ese síndrome, nunca me sentí identificado con él. Me parecía la típica exageración de los medios, que propician que admitir un defecto en público te proporcione una notoriedad artificial. Paradoja: que personas que en realidad no lo eran se declarasen impostores. Desde una coherencia científica, tenía más sentido que los impostores de verdad quisieran preservar su secreto. En otras palabras: el Zorro nunca confiesa; al Zorro se le pilla. La prueba es que, hasta que acepté el jueguecito grafológico y le regalé –con excesiva alegría, lo admito– el indicio irrefutable de mi firma, nadie me había pillado ni sospechado de ese rasgo de mi personalidad. Saber que ella lo sabía, en cambio, sí me condicionó. Cuando escribía, o cuando colaboraba en programas de radio en los que, en principio, tenía que aportar cierta acidez analítica, siempre me acompañaba, en una dimensión más intuitiva que analítica, la sombra de mi firma. Y cuando me instaban a pronunciarme sobre temas candentes de la actualidad (el cambio de milenio, la crisis financiera o climática, la independencia, el Brexit, el lenguaje inclusivo, la economía del Barça...), procuraba adoptar un perfil bajo, con pros y contras tan confrontados que se acababan anulando entre sí. O si, a rebufo de la publicación de un libro, se me inflamaba la autoestima, recordar que ella sabía que yo era un impostor me hacía tener los pies en el suelo. El problema era que nunca acababa de saber si era un impostor porque me esforzaba en no manifestar mi auténtica personalidad o porque me empeñaba en darle la razón al veredicto grafológico. Con mis hijos también vivía el dilema de estar más pendiente de lo que creía que me exigían las circunstancias –firmeza, disciplina, sacrificio, constancia– que de mostrarme más flexible, afectuoso, audaz y comprometido y entender que la paternidad es una materia más líquida que sólida. La prueba es que, durante treinta años, no he comentado con nadie el tema de esta firma fundacional. Hasta que, hace unas semanas, siguiendo el hábito reciente de vernos de vez en cuando sin ninguna intención concreta, mis hijos vinieron a cenar a mi casa. Gracias a que el menú fue pletóricamente hipercalórico, logramos que la conversación no fuera sobre la economía de cada uno y nos reímos con

122

una naturalidad que parecía liberarnos de tensiones pasadas. Lo cierto es que, contagiado por el espíritu del encuentro, quise contarles la anécdota de la firma. Enseguida noté que me escuchaban como si ya la supieran. Aguantándose la risa, se miraban siguiendo uno de esos códigos de complicidad encriptada tan propios de los mellizos. Les pregunté qué les hacía tanta gracia y, sin perder la ironía, les reproché que les divirtiera tanto burlarse de su pobre padre. Mi hija, que en estas situaciones suele asumir el papel de portavoz, me miró y, con el sarcasmo que nos había ahorrado decirnos tantas y tantas cosas y la misma dulzura con la que me habían definido como alguien que se esfuerza por parecer lo que no es, me dijo: «Suponiendo que nuestro padre seas tú, claro».

2. TIEMPO REAL

Es el primer verano después de la separación. Los mellizos, que acaban de estrenar la mayoría de edad, me han propuesto ir juntos de viaje. Hace una semana que tienen carnet de conducir y hablan de coger el coche y marcharnos «a la aventura». «Aventura» es un concepto del que abomino, pero que en estas circunstancias suena como una oportunidad. Una oportunidad para mí y para ellos, que me han conocido como capataz, fiscal, enfermero, sufridor, inquisidor, taxista, monitor, payaso, financiero, cocinero, guardaespaldas y, de acuerdo con el reparto doméstico de papeles, histriónico policía malo. Intuyo que la separación está empezando a ablandar la disciplina y e incitarles a explorar una dimensión más alegre de sí mismos. No me apetece apelar a la autoridad que he dejado de tener y, cuando estamos juntos, procuro que no se me noten ni el vértigo ni el desconcierto.

La aventura: dejo que se alternen al volante y, mentalmente, corrijo sus defectos de conducción, sobre todo cuando nos adelantan camiones psicópatas y furgonetas suicidas. Hemos tomado la autopista hacia el norte. No les he dicho nada sobre nuestro destino, solo que pasaremos tres noches –el presupuesto no da para más– fuera de casa. Yo sí sé adónde vamos. He reservado dos habitaciones –la doble, para ellos; la individual, para mí–. He elegido el hotel sin tener ninguna referencia, solo por las fotografías de la web. Tiene piscina y un jardín desmelenado que contrasta con la funcionalidad impersonal del edificio. En el coche, hemos cantado y nos hemos reído y yo me he esforzado –puede que incluso demasiado– por adaptarme al perfil de padre *castrato* que, interpreto, me han asignado.

Para llegar a Aix-en-Provence –celebro que nuestro destino les haya sorprendido favorablemente– hemos tenido que llenar el depósito y detenernos a comer –fatal– en un área de servicio. Nunca habían estado en la Provenza. Han apagado la música, abducidos por un paisaje que conviene descodificar sabiendo que los estímulos –robles, viñedos, hinojo, cigarras, colinas y acantilados de roca blanca– provocan un enamoramiento para toda la vida. Conducir les hace sentirse importantes, ocupando los asientos de delante, habitualmente reservados a sus padres, y conmigo detrás, perfeccionando la actitud distendida y amable que me he propuesto adoptar. Son códigos que funcionan porque la idea del viaje es más prosaica que la de la aventura. Si las parejas sufren cuando el cuidado de sus hijos pequeños los vampiriza, cuando son mayores sucede al revés. Acostumbrados a que todo se centre en asuntos domésticos, la pérdida de autoridad, sumada a la mayoría de edad recién estrenada, nos permite ensayar nuevas formas abstractas de relación. Ninguna queja del hotel: es lo bastante moderno para satisfacer sus hábitos de jóvenes bien acostumbrados y lo bastante aséptico para no intimidarlos con los excesos escenográficos de la hostelería entrañable. Hay piscina, sí, pero no nos bañamos porque, según ellos, el agua está demasiado fría. Recuerdo cuando eran pequeños y yo me hartaba de prohibirles bañarse, por razones que ellos nunca entendieron.

Primera inmersión en los paisajes de la zona. Sol despampanante y pantones que alternan azules, rosados, verdes y amarillos expresionistas. Por los altavoces del coche suena la música que eligen ellos, que denota impaciencia por crecer y un deseo gregario de ser radicales. El paisaje enhebra tópicos que no consigo interpretar. No saber nada del lugar que visito no me proporciona más ganas de preguntar sino, al contrario, de sumergirme en una silenciosa ignorancia. En Salon-de-Provence, compartimos la misma decepción. «Parece pensado para los turistas», dice mi hija, probablemente porque eso es lo que somos. Comemos creps saladas y ensaladas dulces. Nos reímos más por voluntad que por alegría y noto que se esfuerzan por consolidar este experimento paternofilial.

Cerca de donde hemos aparcado hay un cine que anuncia el estreno, pasado mañana, de una película que mi hijo, estudiante de cine, quiere ver a toda costa. No sabemos dónde estaremos dentro de dos días pero, en un periódico regional, leemos que hoy la estrenan en Aix. Volvemos alterando los protocolos de la aventura —conduzco yo— y llegamos justo a tiempo para la sesión de las cuatro. Son casi tres horas de metraje. El rodaje ha durado doce años durante los cuales, en tiempo real, el director ha seguido la peripecia de un niño, que después se hará adolescente, más adelante posadolescente y, a continuación, joven universitario. También ha seguido a sus padres, desenfrenadamente enamorados al principio y, más tarde, erosionados por la paternidad (un niño y una niña) y la constatación de que lo más importante que nos sucede en esta vida siempre es lo que no habíamos previsto. La película me conmueve y no dejo de preguntarme qué piensan ellos. Aparentemente, la disfrutan, lo bastante educados para valorar su calidad y lo bastante pudorosos para no manifestar emociones que puedan ser utilizadas en su contra. El niño que crece en la pantalla tiene puntos en común con la vida de los mellizos, pero también las suficientes diferencias para que los paralelismos no resulten asfixiantes. En la película, padres e hijos mantienen conversaciones de un nivel de intimidad y reflexión que, no sé si por suerte o por desgracia, nosotros nunca hemos tenido. Alternan la confesión de sentimientos incómodos y divagaciones existenciales más cercanas a la intención del cineasta que a la de sus personajes. Las casi tres horas nos dejan clavados en la butaca y tardamos en abandonar la sala (cine Renoir, en el cours Mirabeau). Al salir nos refugiamos en una heladería del paseo, comentamos la película muy por encima –no estamos preparados para entrar a fondo– y jugamos a criticar a los transeúntes y atribuirles nacionalidades, oficios y aficiones perversas. Del helado a la cena hay un paseo que rematamos con una conversación en la que, espoleados por el eco de la película, bromeamos sobre nosotros mismos. Sobre nosotros como padres e hijos que ya no vivirán juntos nunca más, se entiende. Ellos desentierran agravios y recuerdan prohibiciones o discusiones que, constato, yo he olvidado. Es su palabra contra la mía. Su tono rezuma cierto rencor y, por si acaso –que ser vulnerable no me haga parecer grotesco–, les digo: «Escribidlo en vuestras memorias, os autorizo a que culpéis a vuestro pobre padre de todas vuestras desgracias. Es un recurso muy celebrado y rentable en la historia de la literatura». La ironía relativiza las medias verdades que exageramos y las mentiras con las que nos justificamos. Regresamos al hotel. Las paredes que separan las habitaciones son tan delgadas que oigo como hablan por teléfono con su madre. Elogian el helado y la fotografía que les he hecho en un campo de lavanda. Aunque es tarde, me pongo el bañador y, desde la piscina, los veo salir a la terraza. Se han duchado y llevan puesto el albornoz, y los invito a acompañarme. Al unísono, como si lo hubieran ensayado, responden: «Está demasiado fría».

LA NARRATIVA BREVE

Este libro empieza dentro de un Seat León, en la entrada de Barcelona llegando por la C-31. Hace el típico calor de finales de junio, tan denso como el tráfico. El conductor es diabético, hipertenso, agnóstico, escritor, soltero, obeso y con una pierna más corta que la otra, lo cual compensa con unas plantillas ergonómicas. Al volante le gusta escuchar la radio, preferentemente emisoras no musicales. Hace un rato se ha detenido a almorzar en el restaurante-pizzería La Pava, en Castelldefels. Nada de lo que ha comido cumple la dieta que el endocrinólogo le ha prescrito. Ni el medio pollo asado, ni las patatas, ni la pizza, ni el helado ni la cerveza con la que ha acompañado un almuerzo digerido con prisas y mala conciencia. Por experiencia, sabe que acaba de vivir un episodio de bulimia. En general es disciplinado con la dieta y solo se permite las excepciones que autoriza la estadística de toda regla. Para recordar qué le conviene comer, aplica el método del médico que le diagnosticó la diabetes: «Si te apetece, significa que no puedes comértelo», y así se ahorra tener que memorizar listas interminables de alimentos pecaminosos.

La prueba de que el menú de La Pava era pecaminoso es que todo le apetecía. Como penitencia, se castiga con una doble ración de arrepentimiento. Según la ortodoxia, el éxito del tratamiento contra la diabetes radica en el ejercicio físico, la medicación y la dieta, aunque él considera que la culpabilidad también es un factor relevante. El sueño, pringoso, se desliza por sus párpados justo después de regresar al coche. Pone la llave de contacto, sube el volumen de la radio y baja la ventanilla. El asfalto desprende un calor que le hace pensar en el aliento de un monstruo. A medida que se acerca a la ciudad, la somnolencia avanza. El sol se estrella contra el parabrisas como una lluvia de yemas de huevo. Bosteza. Si el tráfico no fuera tan compacto, se detendría a echar una siesta a la sombra de una gasolinera. Pero ya está en plena autovía y no le queda margen para maniobrar. Se mantiene en el carril de la derecha mientras espera la salida de la plaza Cerdà.

130

La radio lo aparta de la atención que le conviene mantener hasta que, ahora sí, el sueño le vence. Sin ser consciente de ello, cierra los ojos. Son tres segundos de apagón, como si un hipnotizador lo hubiera fulminado con la cuenta atrás del tres, dos, uno. El coche no pierde velocidad pero sí dirección. El claxon de una furgoneta le despierta con una brusquedad que contradice su manera habitual de conducir. Evita la colisión encadenando gestos que no recuerda haber aprendido y con un golpe de volante para no embestir la furgoneta. Le faltó un pelo, constata. La adrenalina le llena la boca de una saliva metálica. Levanta la mano derecha para pedir perdón, no sabe exactamente a quién, o para darle las gracias a un ángel de la guarda en el que no cree. El sueño, que hasta hace dos segundos le espesaba la sangre, se evapora. Despavorido, se da cuenta de que ha estado a punto de sufrir un accidente y de que el riesgo en el que se ha puesto a sí mismo (y en el que ha puesto a otros) debería servirle para algo más que como futura anécdota de sobremesa.

Los pensamientos le rebotan en el cerebro como dentro de un bombo de lotería del cual extrae la siguiente bola: hace meses que no participa en ninguna sobremesa. Algo tendrá que ver el hecho de que, al no poder comer lo que le apetece, evite los almuerzos y las cenas sociales y, en casa, suela almorzar de pie, arrimado al fregadero de la cocina. Para cenar, en cambio, se flagela con un yogur apurado ante el televisor (cuanto más dramática es la actualidad, más apura el yogur). Ahora apaga la radio y se concentra en los latidos del corazón, que le resuena en las sienes como los bajos de una *rave* lejana. Dentro de una hora debe participar en una jornada sobre narrativa breve en un taller de escritura. Cuando lo invitaron, puso como única condición que el encuentro no fuera una conferencia al uso sino un diálogo con los alumnos.

Tarda en encontrar sitio donde aparcar y se pregunta si uno de los privilegios de mucha gente de su condición económica y de su generación no será que uno de sus problemas más habituales sea encontrar sitio donde aparcar. Más tarde, en el taller, intenta ser modesto, sabiendo que si tiene que esforzarse en serlo debe significar que no lo es tanto. El diálogo con los alumnos suscita elucubraciones sobre el auge del microrrelato, divagaciones técnicas y las inevitables camándulas alrededor de la autoficción. De todas las intervenciones, le gusta especialmente la sinopsis de un relato que cuenta una alumna: una mujer que siempre ha llevado el pelo muy largo acude a una peluquería con la idea de cortárselo muy corto.

Para tener una referencia orientativa, lleva una fotografía de la actriz Jean Seberg en la película *À bout de souffle*. Cuando le enseña la foto, la peluquera, horrorizada, grita: «¡Pero si está muerta!». Con la disciplina de un tenista de fondo de pista, responde a todas las preguntas y se esfuerza para que no se le noten las ganas de estar en otra parte. Las ganas de acabar ese encuentro, salir pitando hacia el parking y subirse al coche. Las ganas de tomar la C-31, pasar por delante del restaurante La Pava, cruzar los túneles del Garraf hasta la salida 30. Las ganas de no correr demasiado por si hay un control policial en la segunda rotonda y evitar que las bandas rugosas se carguen los amortiguadores del Seat León. Las ganas de llegar a casa, tomarse la medicación y el vaso de agua prescritos, apurar el yogur desnatado con celo espartano y, entonces sí, sentarse en la mesa y, con el rotulador de punta fina, transcribir todo lo que ha imaginado y sentido durante los tres segundos de apagón. Porque si es verdad que cuando te mueres ves desfilar un montaje secuenciado de tu vida pasada, él intuye que esos tres segundos en los que ha cerrado los ojos esconden una suma de historias, visiones, premoniciones y recuerdos que le urge descifrar. Historias inconexas que, precisamente porque sospecha que pertenecen a una dimensión inaccesible (una amalgama de pasado, presente y futuro, como cuando las autoridades cambian la hora y decretan que a las dos serán las tres), necesita escribir, confiando en que los recursos de la narrativa breve le ayudarán a entender, a través de este libro, lo que todavía es una incógnita.

134

ÍNDICE